Golfmord

Heinz Harling

# Golfmord

Ein

witziger und sehr westfälischer

Golfkrimi

mit

wunderlichem

„Kleinem Golflexikon“

Roman

Bibliografische Information der Deutschen Nationalbibliothek
Die Deutsche Nationalbibliothek verzeichnet diese Publikation
in der Deutschen Nationalbibliografie;
detaillierte bibliografische Daten sind im Internet
über http://dnb.d-nb.de abrufbar.

Alle Erlöse aus dem Verkauf dieses Buches gehen an die Stiftung zur Förderung zur Jugend- und Erwachsenenbildung des Autors:
www.heinz-harling-stiftung.de

Alle Personen und die Handlung dieses Romans sind frei erfunden. Jede Ähnlichkeit mit lebenden Personen ist rein zufällig und sicher nicht beabsichtigt. Alle Lokationen der Handlung sind dagegen authentisch.



Umschlagdesign, Satz, Herstellung und Verlag:
Books on Demand GmbH, Norderstedt
Printed in Germany

ISBN 978-3-8391-5568-4

*„Golf ist im Kopf“*

Gebräuchliche Ausrede von Golfern
mit physisch-motorischen Defiziten

# Inhaltsverzeichnis

# *Provisorisches* Vorwort

Dieses literarische Werk, in der langen Reihe der überflüssigen Werke über das Thema Golf ein neuer Höhepunkt, hat sich zum ambitionierten Ziel gesetzt, den geneigten Leserinnen und Lesern neben einer spannenden Kriminalstory eine unterhaltsame Einführung in einige der teils verwirrenden Usancen dieses Sports zu geben.

Die fulminante und einer strengen Dramaturgie folgende Handlung erstreckt sich über sechs Tage eines x-beliebigen Sommers. Ziehen Sie hieraus bitte keine voreiligen Schlüsse. Weder können Sie in sechs Tagen das Golfspiel erlernen noch wird es Ihnen gelingen, in so wenigen Tagen auf irgendeinem Golfplatz dieser Welt derart viel rund um diesen Sport zu erleben – was, wie Sie erfreut feststellen werden, nicht unbedingt eine der schlechtesten Nachrichten ist.

Lesen können Sie dieses Buch, natürlich abhängig von Ihrer ganz persönlichen Geschwindigkeit, in circa vier bis fünf Stunden. Ungefähr genauso lange dauert eine normale Golfrunde über 18 Loch. Diesem thematisch überaus passenden Umstand ist denn auch der für einen ausgewachsenen Roman beschauliche Umfang dieses Werkes zu verdanken, und nicht etwa dem Mangel an Phantasie oder gar der Faulheit des Urhebers.

Natürlich wurde auch keine Mühe gescheut, die nicht zu vermeidenden und intelligenterweise *kursiv* hervorgehobenen Fachbegriffe dieses Sports ungewöhnlich wortreich, dafür aber mit nur mäßigem Sachverstand in einem nachfolgenden „Kleinen Golflexikon" zu erläutern. Eine regelbuchkonforme, sprich höchst langweilige Erhellung steht also nicht unbedingt zu befürchten. Daher Achtung! Hier können selbst eingefleischte Golfspieler womöglich noch eine Menge dazulernen.

Ferner steht genreüblich zu befürchten, dass einer der Ihnen sicher schnell ans Herz wachsenden und höchst wundersamen sportlichen Akteure dieses Romans die Mörderin oder der Mörder ist. Legen Sie sich also besser nicht zu früh fest, wenn Sie am Ende eine bittere Enttäuschung vermeiden wollen.

Zum Schluss noch ein Wort der Erbauung und des Trostes für alle in diesen schönen Sport Uneingeweihten: In Wirklichkeit ist das Leben auf einem Golfplatz natürlich vollkommen normal, und die handelnde Spezies besteht aus überaus liebenswerten Zeitgenossen, wie in jedem anderen Sport auch – mit ein paar wenigen Ausnahmen.

*Der Autor*

# 1. KAPITEL

# Abschlag

*(Dienstag)*

**„Golf ist keine Frage von Leben und Tod – es ist viel ernster“**

*(Autor unbekannt)*

Das erstmalige Betreten eines Golfplatzes verursacht bei vielen Menschen ein gewisses Unbehagen, wozu sachlicherweise überhaupt kein Anlass besteht. So viel gepflegten Rasen gibt es sonst meist nicht einmal in großzügigen Stadtparks, von der landschaftsgestalterischen Schönheit der Anlagen oft ganz zu schweigen. Dazu läuft das humane Leben in dieser besonderen Art von sportlich-gesellschaftlichem Feuchtbiotop nach festen Regeln und Ritualen ab, die nur Uneingeweihten anfangs ein wenig befremdlich anmuten können. Kurzum, Golf ist ein Sport, der nur von den Engländern erfunden worden sein kann – was aber wohl leider auch nicht ganz stimmt.

Ein technisch perfekt beschleunigter *Golfball,* der mit maximaler Geschwindigkeit und absoluter Präzision seinem geplanten Ziel zustrebt, erzeugt in der Regel bei jedem Urheber dieses Kunststückes ein geradezu unbeschreibliches Glücksgefühl. Der Pulsschlag beschleunigt, die Pupillen erweitern sich, und ein wohliger, lang anhaltender Adrenalinrausch durchzieht langsam den gesamten Körper.

Eine so vollkommene Begeisterung wurde jedoch im Halbdunkel diesen besonders späten und besonders verregneten Sommerabends sicher nicht von jenem letzten unglücklichen Golfspieler dieses Tages empfunden, dessen rechte Schläfe das höchst ambitionierte und somit eigentlich höchst unwahrscheinliche Ziel dieses Balles war und der diesen Vorfall nun zum überaus unwillkommenen Anlass nehmen musste, sein Leben an diesem unpassenden Ort und zu dieser späten Stunde ganz spontan zu beenden.

In der Nacht ließ der Regen nur langsam nach. Ein paar Rehe durchquerten das feuchte Gras des *Abschlags* der Bahn 14 des Golfclubs Stahlberg und wunderten sich nicht schlecht über den Golfspieler, der immer noch regungslos auf dem Rasen lag, waren doch üblicherweise diese zweibeinigen Wesen nachts nicht hier in ihrem Revier anzutreffen. Höchstens eine Menge Hasen, ein paar Igel und bisweilen auch ein Fuchs, der sich aber heute Nacht, aus gewohntem Respekt gegenüber den vitalen Ausgaben der Gattung Mensch, nicht in die Nähe dieser langsam erkaltenden Leiche getraut hatte, was sich auf den weiteren Erhaltungszustand derselben erwartungsgemäß positiv auswirkte.

Die Anlage des *Golfclubs* in der Landgemeinde Lippetal, nur wenige Kilometer südöstlich des westfälischen Hamm, am östlichen Rand des Ruhrgebietes in den hügeligen Ausläufern der Beckumer Berge gelegen, bestach durch die mit viel Liebe und Sachverstand angelegten Bahnen zwischen Waldstücken, riesigen alten Eichenbäumen, Wiesen und Feldern sowie vereinzelt liegenden Gehöften. Eine Bilderbuchlandschaft wie aus einer der bunten Golfillustrierten, die im Eingangsbereich des modernen, gerade frisch renovierten und ausgebauten Clubhauses zuhauf herumlagen, die Bernhard Buschkamp aber bisher nur selten eines Blickes gewürdigt hatte. Schließlich interessierte ihn an diesem Sport zunächst nur die körperliche Betätigung an sich und der sich dabei automatisch ergebende Aufenthalt in der freien Natur, aber sicher nicht das Geschwafel über aufgebauschtes Fachwissen, grandiose Erfolge und maßlose Eitelkeiten irgendwelcher Golfgrößen oder gar Organisatoren.

Hier hatte er an einem sonnigen Samstagmorgen vor etwa sechs Wochen begonnen das zu erwerben, was man in diesem Sport eine *Platzreife* nannte. Quälten ihn doch seit Jahren diese unspezifischen Rückenbeschwerden, und sein Orthopäde nahm an, dass ausreichende und schonende Bewegung im

Freien, sprich Golfen, wohl hier die richtige Therapie für einen bürogeplagten Kriminalistenrücken sei. Leicht misstrauisch, wie er nun einmal von Natur aus war, hatte er vermutet, dass der gute Herr Knochendoktor wohl selbst diesem Sport frönte und mit dieser Empfehlung seinem Heimatverein ein schnell geworbenes neues Mitglied präsentieren wollte. Nachdem aber auch ein Kollege vom Morddezernat in Dortmund vor ein paar Wochen aus eigener Erfahrung zum Besten gegeben hatte, dass Golf, bei sachgemäßer regelmäßiger Ausübung, den gequälten Bandscheiben durchaus Gutes tun konnte, hatte er eingewilligt, sich diesen seiner Meinung nach doch „etwas komischen Sport“ mal etwas näher anzusehen.

Sein erster Auftritt im Club hatte bereits für ausgiebigen Gesprächsstoff bei den Bewohnern dieses sportlichen Feuchtbiotops gesorgt. Die Vorkommnisse der nächsten Wochen sollten jedoch bei weitem alles in den Schatten stellen, was dieser Golfclub bis zu diesem Tage erlebt hatte.

Alles begann an diesem besagten Tag vor sechs Wochen damit, dass er seinen maisgrünen, schon etwas in die Jahre gekommenen und reichlich vernachlässigten Mercedes 200 D Kombi auf den Parkplatz fuhr, der sogleich auf subtile Weise als eine Art Fremdkörper zwischen den zahlreichen gepflegten Sportwagen, Limousinen und Off-Roadern wahrgenommen wurde.

Die unvermeidlichen Formalitäten hatte er schon ein paar Tage zuvor telefonisch mit der Sekretärin des Clubs, einer Frau Kemper, geregelt, deren sympathische Stimme seinen ersten positiven Eindruck von diesem Club prägte.

Jason Dwight, der *Pro* des Clubs, ein gutaussehender, fröhlicher und vollkommen entspannter Engländer mit rötlichblondem, lockigem Haar, stand bereits wartend, im Gespräch mit einem anderen Golfspieler, auf dem Parkplatz vor dem vor ein paar Jahren aufwendig erweiterten Clubgebäude. Wie immer wollte er sich auch an diesem wohltemperierten Morgen alle professionelle Mühe geben, seinem neuen Schüler den

Einstieg in diesen großartigen Sport schmackhaft zu machen. Schließlich litt auch sein Golfclub, wie die meisten anderen der Region, nicht gerade an einem übermäßigen Mitgliederansturm.

Auch Bernhard Buschkamp hatte sich offenbar auf den Beginn seiner neuen Sportkarriere mit sehr spezieller Sorgfalt vorbereitet, wie Jason mit beträchtlichem Schrecken an seiner heutigen Garderobe erkennen konnte, als dieser seinem Uralt-Fahrzeug entstieg. Sorgfältig aber leider wohl nur, was die praktische Seite anging. Der grüne Polizei-Trainingsanzug, eine liebgewonnene Erinnerung aus Buschkamps Zeit an der Polizeischule in Bork, zeichnete sich durch eine den Bewegungsabläufen alle Freiheiten gebende Weite aus, und die gestern Abend noch schnell im Hammer Kaufhof besorgten Turnschuhe stachen in ihrem makellos hellen Weiß von diesem kleidungstechnischen Gesamtkunstwerk ab, das auf jedem Golfplatz einiges Aufsehen verursachen würde.

Staunend und um ein Höchstmaß an englischer Zurückhaltung bemüht, verschlug es dem Pro zunächst einmal für einen Moment die Sprache, während Buschkamp diesen „*Golfdress*" mit dem Ausdruck der absoluten Selbstverständlichkeit trug. Jason hatte zwar bereits einige Jahre schmerzvoller Erfahrung mit dieser Art von bodenständigen westfälischen Ureinwohnern hinter sich – doch nun hatte er den Eindruck, dass seine bisher gewonnenen soziokulturellen Erkenntnisse von diesem Buschkamp auf eine vollkommen neue Ebene gehoben würden.

Eigentlich sah dieser etwa 45 Jahre alte Typ mit seiner etwas stämmigen, aber dennoch einigermaßen schlanken Statur ja ganz sportlich aus, zumal er mit seiner Körperlänge über 1,90 Meter Jason um fast einen halben Kopf überragte. Nur sein braunes, zwar ordentlich geschnittenes, aber ansonsten jeden Kontakt mit Kämmen vermeidendes Haar stand wild in der Gegend herum und schrie förmlich danach, wenigstens von einer gnädigen Golfkappe verdeckt zu werden.

Buschkamp kam denn auch erwartungsgemäß ohne Umwege, sprich überflüssige Freundlichkeiten, zum Thema: „Ja dann kann's ja losgehen, Herr Dwight! Schließlich ist so eine Stunde ja teuer genug!"

Jason drückte seinem Schüler, mühsam nach Fassung ringend, einen *Bag* mit einem Satz Leihschläger des Clubs in die Hand, den er schon die ganze Zeit über der Schulter hängen hatte, und marschierte dann mit ihm, die ersten Meter noch etwas betreten schweigend, über eine kleine Straße in Richtung *Driving Range*.

„My name is Jason, und wie heißt du?", versuchte er noch einmal freundlich das Eis zu brechen, wie er es mit seinen Golfnovizen immer machte und wie es in aller Regel auch klappte.

Mit den Usancen im englischen Sprachraum und erst recht auf dem Golfplatz vollkommen unvertraut, entgegnete der aber nur: „Ich bin Herr Buschkamp, Bernhard Buschkamp", um dann aber sofort an Jasons leicht erschrockenem Blick mit einer für ihn erstaunlichen Sensibilität festzustellen, dass dies wohl nicht so ganz die richtige Antwort war. Etwas mürrisch entschied er sich nach einem Moment kurzen Überlegens zu dem in dieser Situation nun wohl unvermeidbaren Statement: „O. K. Du kannst Bernhard zu mir sagen", nicht ohne, bereits in eine andere Richtung schauend, „wenn das hier so üblich ist" anzuhängen.

„Hast du schon einmal einen *Golfclub* in die Hand gehabt?", versuchte Jason die Unterhaltung langsam und mit gebotener Vorsicht ins Flüssige zu überführen.

„Seit wann kann man denn *Golfclubs* in die Hand nehmen?", fragte Buschkamp, verwundert über die – wenn auch nicht uninteressante – Sprachmelange von diesem Jason.

„Sorry, Bernhard, ich meine natürlich *Golfschläger*."

„Nein, aber ich habe früher, also da war ich noch ein Kind, Fußball gespielt."

Wissend, dass diese in jeder Hinsicht bemerkenswerte Vorerfahrung für das heutige Training keine allzu große Hilfe sein würde, begann Jason langsam mit den Basics des Unterrichts. Er griff sich ein *Eisen* 7, stellte sich auf eine der freien Abschlagmatten und bat sein Gegenüber, es ihm gleichzutun. Buschkamp nahm sich, nach einigem Suchen, das Eisen 7 respektvoll aus dem Bag und stellte sich erwartungsvoll neben seinem neuen Trainer auf die Matte. Dabei hielt er das Eisen konzentriert in seinen beiden Händen, als handele es sich um eine Gartenschaufel zwecks anstehender Erschlagung eines Maulwurfs. Jason versuchte ihm nun einen nach Buschkamps erster Auffassung unendlich komplizierten Griff beizubringen, um dieses Schlaginstrument auch golfgerecht zu halten, was bei ihm ernste Befürchtungen auslöste, womöglich die ganze Stunde mit überflüssigen „Fingerübungen" zu verschwenden.

Folgerichtig drängte Buschkamp bald darauf, das neu erworbene Wissen nun aber endlich auch in einen ordentlichen Schlag umzusetzen, schließlich war er ja hier, um das Golfspiel zu lernen und nicht irgendwelche komischen Griffe. Jason, sich der Tatsache vollkommen bewusst, dass hier jeder Widerspruch zwecklos war, ging wortreich erklärend auf die benachbarte Abschlagmatte und nahm die, wie er es nannte, „Grundstellung" ein, indem er sich mit leicht angewinkelten Knien mit dem Schläger in der Hand aufstellte, um den Ball, wie er sagte, *„anzusprechen"*.

Buschkamp erinnerte damals diese Haltung vage an übliche Anstalten, wenn man sich anschickte, sich in Wald und Flur zu erleichtern, was er, wenn er im Winter mit den Holzarbeiten in seinem Waldstück beschäftigt war, ja auch durchaus so praktizierte, wenngleich er für diesen Fall vorgeschlagen hätte, die Knie noch etwas weiter durchzudrücken.

Der Pro demonstrierte ihm dann, gekonnt aufgeteilt in einzelne, leicht nachvollziehbare Phasen, die ersten Geheimnisse des Golfschwungs. Das entscheidende Problem erschien

Buschkamp dabei, wie man mit so einem schwierigen Griff auch noch einen halbwegs geordneten Schwung bewerkstelligen sollte. Die mit Todesverachtung durchgezogene erste Ausführung des soeben Erlernten brachte denn auch ein Ergebnis zustande, welches, auch bei hohem Maß an Wohlwollen, weder als Golfschlag noch als Flug eines Golfballs bezeichnet werden konnte.

Buschkamp, eher westfälischer Grobmotoriker denn eleganter Sportler, von Natur aus also bestens geeignet für schwere Waldarbeiten und ähnliche Verrichtungen, tat sich also mit den überaus komplizierten Feinheiten dieses Golfschwungs zunächst erwartungsgemäß recht schwer. Wie sollte man auch mit diesen viel zu kleinen Schlägern den überaus winzigen Ball treffen und ihn dann auch noch unglaublich weit in genau die Richtung befördern, die man vorher auch wirklich anvisiert hatte? Dennoch, sein Interesse an diesem Sport nahm mit jedem Meter zu, mit dem es ihm gelang, den Ball weiter von der grünen Kunststoff-Abschlagmatte zu entfernen.

Irgendwann, in seiner dritten Golfstunde, gelang es ihm dann sogar, wohl teils aus Versehen, teils aus Glück, einen Schlag zu fabrizieren, dessen Flugrichtung und -weite sogar Jason sichtlich beeindruckte, die er selbst aber nur kühl mit „Blindes Huhn findet auch mal ein Korn“ kommentierte.

Das war dann wohl der Moment, in dem Bernhard Buschkamp den ersten kleinen Funken einer Leidenschaft für diesen ungewöhnlichen Sport in sich spürte – wenn man denn dieses hochtrabende Wort bei seinem Naturell überhaupt gebrauchen möchte.

Ein paar Samstage und zahlreiche Golfstunden später, in denen er nun auch hin und wieder schon mal einige Löcher des Platzes bespielte, sorgten dafür, dass sich seine immer noch etwas distanzierte Zuneigung zu diesem Sport systematisch vertiefte – wenn er auch mangels berufsbedingter Freizeit bisher kaum an irgendeiner Form von Vereinsleben teilnehmen konnte, sondern vorwiegend seine Stunden absolvierte. Dieser Jason erwies sich als ein ebenso freundlicher wie geduldiger Lehrmeister, der selbst dann noch eine zurückhaltende englische Nachsicht zeigte, wenn Buschkamp mal wieder eine äußerst breit angelegte Unkenntnis der zahlreichen verwirrenden Regeln dieses Sports durchblicken ließ und diese folgerichtig auch nicht beherzigen konnte. Schade nur, dass der Pro dem Club wohl auf mittlere Sicht verloren gehen würde: Eines Nachmittags sprach er nebenbei von Plänen, in Schottland seine eigene Golf-Akademie zu gründen.

Schließlich mündeten Buschkamps Bemühungen dann aber doch in der ersehnten Platzreife – ein Wochenende vor den grausigen Vorfällen, bei denen ihm diese, wie er noch nicht ahnte, eine große Hilfe sein sollte. Zur Feier dieses unerwarteten Erfolges beschloss er, die wenigen Reststunden des herrlichen Sommersamstages in Ruhe und Besinnung mit einer Flasche Bier auf der Gartenbank seines vor etwa 15 Jahren im ländlichen Hammer Stadtteil Ostwennemar gekauften kleinen Kötterhofs zu verbringen. Das mäßig hübsche Fachwerkhaus selbst war damals weniger entscheidend für seine Kaufentscheidung als die zu diesem gehörende ordentliche Waldparzelle, an deren Rand der kleine Hof angrenzte. Hier ließ es sich in Ruhe leben.

Sein ungewöhnlicher Beruf schrie förmlich nach gewissem körperbetontem Ausgleich, und den fand er im Sommer in der Pflege der weitläufigen Liegenschaft seines Grundstücks und im Winter im „Holzmachen“, wie er es nannte. Das hieß, die gefällten, entasteten und in Meterenden gesägten Bäume mit seinem Mercedes, dessen Anhängerkupplung er immer als besonders hervorstechendes Ausstattungsmerkmal angesehen hatte, und dem eigens dafür angeschafften Anhänger aus dem Wald zu holen und auf einem riesigen Holzstapel hinter seinem Haus zwischenzulagern. So schaffte er sich Jahr für Jahr den nötigen

Vorrat, um den ganzen Winter über den Bürofrust halbwegs sinnvoll mittels Kreissäge und Axt abarbeiten zu können.

Seit seine Frau vor fast einem Jahr unter Angabe des Motivs „Neue Verliebtheit" Hals über Kopf ausgezogen war, hatte der Haushalt leider erwartungsgemäß reichlich provisorische Züge angenommen. Die Geschirrspülmaschine wurde nur noch angestellt, wenn wirklich kein sauberes Geschirr mehr da war, und die kulinarische Palette reichte von Tiefkühlpizzen und Schinkenbutterbroten bis zu Dosengerichten zweifelhafter Herkunft.

Heute Abend briet er sich allerdings zur Feier des Tages ein Steak, das schon seit ein paar Tagen im Kühlschrank der baldigen Zubereitung harrte, und trank dazu ein weiteres Bier. Die langsam einsetzende leichte Sedierung ließ ihn diesen anstrengenden, aber erfolgreichen Tag in ein freundliches Licht tauchen. Später, so gegen 22:00 Uhr, als er es sich in seinem Wohnzimmer, das wie das ganze Fachwerkhaus mit niedrigen Balkendecken durchzogen war, auf seinem Sofa gemütlich gemacht hatte, ging plötzlich das Telefon. Umständlich erhob er sich, begann sich doch bereits ein leichter Muskelkater anzukündigen, und eilte zum Mobilteil, von dem er inzwischen annahm, dass es seine Mobilität vorsätzlich dazu nutzte, dort zu liegen, wo er sich gerade nicht aufhielt.

„Was ist denn?", raunzte er erst einmal, ohne sich Gedanken über die Wirkung auf den Anrufer zu machen.

„Hallo Berni!", kam es viel zu laut und wie immer etwas überdreht aus dem Hörer. „Wie geht es dir?" Schlagartig lief vor Buschkamps müden Augen ein kurzer, experimentell angehauchter Autorenfilm mit absolut garantierter Depression ab. Seine Ex, fast fünf Jahre verheiratet mit ihm, davon drei eher unglücklich, eine zwar hübsche und mit beachtlichen Primärreizen ausgestattete, aber rundherum nervende Person. Quatschte den lieben langen Tag und leider meist über Dinge, von denen sie keine Ahnung hatte. Wie lange es wohl heute dauern würde, bis sie damit herausplatzte, was sie wollte, denn einfach nur so anrufen konnte diese zweifelhafte Zierde des weiblichen Geschlechts nicht. 10 Sekunden, 30 Sekunden oder heute sogar eine ganze Minute?

„Du, Berni …" Wie er schon dieses blöde „Berni" hasste! „… Du hast doch immer noch bei dir auf dem Dachboden mein schönes altes Vertiko stehen?"

‚O. K.', dachte Buschkamp, ‚neuer Rekord! Unter 10 Sekunden.' Diesmal hatte sie sogar nicht einmal die Antwort auf ihre vollkommen überflüssige „Wie geht's"-Frage abgewartet. Fieberhaft überlegte er, wie er das Gespräch schnell beenden konnte, ohne in den nächsten Tagen ein schrottreifes Vertiko quer durch die Stadt chauffieren zu müssen, bis ein rettender Einfall in seinem inzwischen wieder auf Hochdruck arbeitenden Gehirn geboren wurde:

„Als ich das letzte Mal auf dem Boden war, habe ich gesehen, dass in dem Ding ein Marder gehaust hat. Glaub mir, das Teil stinkt jetzt leider mächtig nach der Kacke von dem Vieh", berichtete er mit gespielter Beiläufigkeit, wohl wissend, dass dieser Satz seine Wirkung nicht verfehlen würde.

„Ein Marder? In meinem Vertiko? Warum hast du nichts dagegen unternommen?"

Das waren zu viele Fragen, dazu noch eine blöder als die andere. Jetzt half nur noch ein Frontalangriff:

„Weil es mein Job ist, hier und da Kriminelle zu fangen und nicht irgendwelche Marder, die in ausrangierten Vertikos hausen." Die Nummer saß. Es dauerte eine kleine Weile, bis der Groschen gefallen war und sie zur Verkündigung ihrer Entscheidung überging:

„Nee du, Bernie, dann lass das mal gut sein. Kannst das Vertiko beim nächsten Sperrmüll mitgeben."

‚Bingo!', dachte Buschkamp und wollte gerade noch einflechten, dass, wenn sie den Rest des auf dem Dachboden befindlichen Sperrmülls nicht jetzt bald abhole, er es nicht verhindern könne, auch diese Preziosen in Bälde einem vorgezogenen Osterfeuer zu übereignen. Aber da hatte sie auch schon ein kurzes „Ja Bernie, dann will ich man nicht länger stören" geflötet, „schließlich ist es ja schon spät."

‚Welch wahre, aber leider viel zu späte Erkenntnis', dachte ein sich langsam wieder entspannender Buschkamp, trank in einem großen Schluck seine Flasche leer und beschloss, ins ewig ungemachte Bett zu gehen. Dieser im Grunde schöne und erfolgreiche Tag konnte nun in Ruhe und Frieden abgeschlossen werden.

# 2. KAPITEL

# Hole in one

*(Mittwoch)*

**„Ich wünschte, die Fairways wären schmaler angelegt. Dann müssten alle aus dem Rough spielen – nicht bloß ich.“**

*(Severiano Ballesteros)*

Es gehört zu den großen Mysterien des Golfsports, dass es nur verhältnismäßig wenige Verletzte oder gar Tote auf den Golfplätzen dieser Welt gibt, wo doch die Gefahr der umherfliegenden Golfbälle eigentlich, wie jeder von den zahlreichen aufgestellten, warnenden Schildern weiß, durchaus anderes vermuten ließe. Rein statistisch gesehen, ist es sogar deutlich wahrscheinlicher, auf einem Golfplatz einen Herzanfall zu erleiden, als von einem *Golfball* tödlich getroffen zu werden. Es wäre daher wohl auch wesentlich angebrachter, man würde statt des üblichen „*Fore!*" auf dem Golfplatz rufen: „Raucht nicht so viel und bewegt euch mehr!"

Buschkamps Mercedes bog an diesem sonnigen Mittwochmorgen im Rahmen seiner überaus bescheidenen Möglichkeiten sportlich von einer zum Golfplatz führenden kleinen Straße auf den Parkplatz des Golfclubs Stahlberg ein. Selbst das trübe Wasser einer zufällig im Wege liegenden Pfütze, ein letztes Relikt des gestrigen Regentages, schien dabei nur demonstrativ gelangweilt zur Seite spritzen zu wollen.

Der Anruf der Leitstelle hatte ihn heute Morgen gegen 9:00 Uhr überrascht, als er noch zu Hause dabei war, ein paar seiner zahlreichen Überstunden abzufeiern, indem er in aller Ruhe und vollkommen in seine Zeitung vertieft frühstückte, wozu er an normalen Arbeitstagen viel zu selten kam. Dabei war das in seinem Job meist die einzige Gelegenheit für eine ordentliche Mahlzeit, wenn man von den zwischendurch verschlungenen Currywürsten, Dönertaschen und Pizzen einmal absah.

Der Wechsel zum wenig geliebten Dienst-Passat war ihm zeitlich und logistisch in diesem besonderen Fall auch nicht sonderlich angebracht erschienen, denn schließlich wohnte er nur etwa zehn Minuten vom Golfplatz Stahlberg entfernt. Natürlich würde das sicherlich wieder eine dieser nutzlosen und höchst einseitigen Diskussionen mit seinem dusseligen Vorgesetzen Dittmann zur Folge haben, die seinen ohnehin schon anstrengenden Berufsalltag kontinuierlich aufs Unangenehmste würzten. Ohnehin gehörte das Führen von langen Diskussionen sowieso nicht gerade zu seinen Lieblingsbeschäftigungen.

Wilhelm Schulte-Nellen, ein etwa 70 Jahre alter, in Ehren ergrauter Richter a. D. des Oberlandesgerichtes Hamm von stattlich schlanker Erscheinung, dessen Auftreten im Club aber eher dem eines westfälischen Landadeligen glich, brauste mit dem Höchstmaß an Geschwindigkeit, das sein *E-Caddie* hergab, von der Bahn 9 kommend auf den Parkplatz des Clubs. Die bereits am Tatort eingetroffenen Polizisten der Polizeiwache Soest hatten das baldige Eintreffen des Dortmunder Kriminalkommissars avisiert und Schulte-Nellen gebeten, ihn doch bitte unverzüglich am Parkplatz des Clubs abzuholen, um ihn schnellstmöglich zum fast 1 000 Meter entfernten *Abschlag* des *Lochs* 14 zu geleiten, wo ein Golferleben sein jähes Ende gefunden hatte.

Hektisch blickte sich Schulte-Nellen auf dem Parkplatz um, in der Hoffnung, diesen Kriminalisten zu erkennen, bis ihn jemand, der gerade etwas umständlich seinem alten Mercedes entstieg, offensichtlich wohl ein Bauer von einem der benachbarten Höfe, fragte: „Haben Sie eben die Polizei angerufen?"

„Woher wissen Sie denn das?", fragte der alte Richter erstaunt, wobei er das „Sie" höchst abschätzig in die Länge zog und sich immer noch angestrengt dabei umblickte.

„Weil ich die Polizei bin!", gab Buschkamp ohne jede äußerlich erkennbare Form von Gemütsregung bekannt und fuhr, für seine Verhältnisse schon fast hektisch, fort: „Wenn Sie dann mal so freundlich wären und mich zum Tatort begleiten würden?"

Nachdem Schulte-Nellen seine Fassung wiedergefunden hatte, wies er sein Gegenüber fast sprachlos an, auf seinem E-Caddie Platz zu nehmen, um ihn zum Ort des Geschehens zu fahren. Der alte Richter musterte den Kommissar während der zügigen Fahrt mehrfach von oben bis unten: Man war ja auf dem Golfplatz zum Thema kleidungstechnischer Verfehlungen der *Etikette* so einiges gewohnt. Aber dieser Kriminalist wäre sicher als Besucher oder gar Aussteller der jährlichen Zuchtvieh-Versteigerungen in den Hammer Zentralhallen weniger aufgefallen als in jedem *Golfclub* dieser Welt. Blau kariertes Hemd, darüber ein gräulich-schwarzes Breitcord-Jackett mit Lederflicken an den Ärmeln, das auch schon bessere Tage gesehen haben musste, und darunter eine beige Manchesterhose, deren Schnitt verriet, dass hier ausschließlich Bequemlichkeit und nicht etwa modische Aspekte bei der Auswahl im Vordergrund gestanden hatte.

„Wer hat denn das Opfer gefunden?", nuschelte Buschkamp vor sich hin.

„Wir waren das!", entgegnete Schulte-Nellen schroff. „Mein Freund Karl-Heinz Stratkötter und ich. Er lag auf dem Abschlag der Bahn 14, und wir kamen von der Bahn 13. Aber Sie brauchen gar nicht denken, dass einer unserer Bälle diesen tragischen Unfall verursacht hat! Erstens hatten wir gerade beide ein *Birdie* gespielt, was bei einem verlorenen Ball recht schwierig geworden wäre, und zweitens war der Mann schon kalt, als wir bei ihm ankamen. Können Sie das verstehen?"

Im Blick des alten Herrn mischten sich Unverständnis und Verzweiflung. War er sich doch sicher, dass diesem ungewöhnlichen Kommissar die Details des Golfsports mit Sicherheit komplett verschlossen waren. Worin er sich allerdings erheblich täuschte, denn die feine Logik dieser selbstherrlichen Golfkapazität erschloss sich Buschkamp auch mit seinem rudimentären Platzreife-Wissen sofort. Dennoch beschloss er, sich erst einmal nicht auf Diskussionen einzulassen.

Sie querten die weit auseinanderliegenden und mit einem Fußweg verbundenen Bahnen 10 und 11, die sich über die sanft hügeligen Ausläufer der Beckumer Berge zogen. Der Baumbestand aus Eichen und Mischwald, die locker eingestreuten Obstbäume, die den Golfspielern im Herbst willkommene Wegzehrung aus Äpfeln, Birnen und Pflaumen lieferten, boten ein pittoreskes Bild, kurzum: Rein landschaftlich gefiel Buschkamp dieser Platz aufs Vortrefflichste – wenn auch das Publikum aktuell zu wünschen übrig ließ.

Es hatte an diesem Morgen eine ganze Weile gedauert, bis der erste *Flight* dieses Tages, bestehend aus Schulte-Nellen und Karl-Heinz Stratkötter, einem etwa gleichaltrigen Kollegen des ehemaligen Richters, beide Vereinsmitglieder seit Gründung des Clubs vor über 30 Jahren, den hinter Büschen versteckten Abschlag der Bahn 14 erreicht hatte. Voller innerer Genugtuung waren sie nach dem Einlochen zu ihrem E-Caddie gegangen, denn beide würden sich nun ein veritables Birdie auf der *Scorekarte* eintragen können. Ein Ergebnis, das bei den noch vom ergiebigen Regen des Vortages durchnässten Bahnen dieses Morgens durchaus Respekt verdiente.

Dann lag da dieser Feuerbach wie ein gefällter Baum auf dem feuchten Rasen. Ungläubige Blicke wanderten zunächst von Mann zu Mann, die zunächst nur eins implizierten:

„Wir – waren – das – sicher – nicht!“

Karl-Heinz Stratkötter, ein von Natur aus etwas ausgeglichenerer Charakter als sein Flightpartner Schulte-Nellen und in medizinischen Dingen rudimentär bewandert, stellte sofort zweifelsfrei anhand der vollkommen kalten Körpertemperatur sowie des fehlenden Puls- und Herzschlags den Tod des Vereinskollegen fest, was bei dessen immer noch geöffneten Augen und der Leichenblässe auch nicht gerade profunde medizinische Kenntnisse voraussetzte. Dennoch entschloss sich

Schulte-Nellen, sonst ein Feind neumodischer Technik, mit seinem Handy unverzüglich einen Notarzt und natürlich die Polizei zu rufen, was auf diesem Golfplatz wegen der bemerkenswert schlechten Netzabdeckung oft gar nicht so einfach war, in diesem Fall aber problemlos gelang.

Der Tatort war von den Soester Polizisten wieder einmal besonders hübsch mit Flatterband dekoriert worden, als Buschkamp am besagten Abschlag angekommen war und von Jobst Haverland, einem jungen und offensichtlich in derartigen Dingen noch recht unerfahrenen diensthabenden Kommissar der Polizei Soest, der schon eine gute halbe Stunde früher angekommen war, begrüßt wurde.

„Guten Morgen, verehrter Herr Kollege. Schön, dass Sie es einrichten konnten, gleich zu kommen." Buschkamp hasste es, wenn man sich in einer solchen Situation erst noch lange mit irgendwelchen Floskeln aufhielt. Aber es war ja noch zu früh, um sich aufzuregen.

Haverland strich sich nervös, die Ungeduld seines Kollegen erkennend, durch das kurze braune Stoppelhaar und begann sogleich mit seiner Schilderung.

„Hier wurde heute Morgen von diesen beiden Herren das Opfer gefunden, offensichtlich von einem Golfball tödlich am Kopf getroffen. Der Notarzt hat den Tod bereits bestätigt", sagte er und winkte dabei einen etwa 35-jährigen sportlichen Herren im weißen Kittel, der etwas abseits in der Nähe seines auffällig weiß-orangefarbenen Mercedes-Geländewagens stand, herbei. Seine offensichtlich stürmische Ankunft war noch gut an den tiefen Reifenspuren im nassen Boden der Bahn 14 zu erkennen. Buschkamp, schon partiell vom Golfvirus infiziert, schoss an dieser Stelle peinlicherweise frisch gelerntes, aber vollkommen unpassendes Golfwissen durch den Kopf: Wenn ein Golfball in solchen künstlichen Vertiefungen liegen blieb, konnte man eine *Erleichterung* in Anspruch nehmen. Um sofortige Ablenkung von dem abwegigen Gedanken bemüht, wandte er sich an den Notarzt: „Was denken Sie, wie lang der Mann schon tot ist?"

Der Notarzt zuckte nervös mit seinem linken Auge, machte sich dann aber sofort an die Beantwortung der Frage: „Der Körpertemperatur nach zu urteilen, waren es bei meinem Eintreffen heute Morgen so gegen 7:30 Uhr schon mehr als acht Stunden", gab er so präzise wie möglich zurück.

„Das bedeutet, dass der Tod gestern Abend nur sehr spät eingetreten sein kann, aber wahrscheinlich noch vor Beginn der Dunkelheit, sonst hätte er ja wohl nicht mehr spielen können", mischte sich Buschkamps Kollege Haverland wieder in das Gespräch ein. Mit einem trockenen „Wenn Sie meinen" nahm Buschkamp diese Einlassung zur Kenntnis.

„Da es gestern so gegen 22:00 Uhr dunkel wurde, wird das wohl der Todeszeitpunkt sein", verstieg sich sein Kollege diensteifrig weiter in gewagte Gefilde.

„Und warum holen Sie jetzt die Mordkommission dazu?"

„Nun, ich wollte eben ganz sichergehen, dass hier auch alles mit rechten Dingen zugeht", entgegnete Haverland fast entschuldigend.

„Ist schon O. K.", gab Buschkamp etwas knurrig von sich und begann, sich die Leiche des Opfers in aller Ruhe und von allen Seiten anzusehen, wobei man den unbestimmbaren Eindruck gewinnen konnte, dass diese Aufgabe nicht gerade zu seinen bevorzugten Beschäftigungen zählte.

Hier war auf den ersten Blick klar, was passiert war. Ein unprofessioneller Schlag – mit derartigen Schlägen kannte er sich ja inzwischen bestens aus –, und schon lag ein vollkommen unbeteiligter Golfspieler fachmännisch erlegt auf dem Rasen. Unter anderem machte man ja nun einmal genau aus diesem Grund eine *Platzreife* – um die Gesundheit seiner Mitspieler im Rahmen der Möglichkeiten zu schonen, was hier offensichtlich nicht so ganz gelungen war.

O. K., die golfballgroße Delle auf der rechten Kopfseite in der Nähe der Schläfe war für sein Gefühl äußerst solide ausgefallen, so wild flogen die Bälle ja nun mal auch bei den besseren Spielern nicht. Aber man konnte ja nie wissen. War es womöglich überhaupt kein verunglückter Golfschlag gewesen? Schnell wischte er diesen abwegigen Gedanken im Wissen um sein übertriebenes berufsbedingtes Misstrauen aber erst mal wieder beiseite.

Das Opfer lag in seinem Regendress, mit immer noch durchnässten Haaren, dieser ordentlich blutverschmierten Delle im Schädel und leicht verdrehten Beinen auf der linken Körperseite, die linke, im weißen *Golfhandschuh* steckende Hand hielt immer noch den *Driver*. Die andere hing schlaff auf dem kurz gemähten Rasen des Abschlags. Kein Zweifel: Den Mann hatte es erwischt, als er gerade seinen Ball *ansprechen* wollte. Schließlich stand dieser immer noch ordentlich drivergerecht hoch *aufgeteet* da, und der Golfball, der sein Leben beendet hatte, lag ebenso ordentlich neben seinem Kopf.

Schulte-Nellen und sein *Flightpartner* gehörten sicher aufgrund ihres Alters nicht gerade zu den Meistern am *Golfschläger* und kamen demnach auch wohl für einen solchen Gewaltschlag, auf dessen Durchschlagskraft Buschkamp sicher noch nach vielen Jahren intensiven Trainings neidisch sein würde, kaum als Urheber in Frage. Außerdem war das Opfer ja auch seit Stunden tot.

„Keiner fasst mir hier was an, bevor die Spurensicherung kommt. Ist das klar?“, motzte Buschkamp unvermittelt los, als Schulte-Nellen, wohl um einen besseren Blick auf die Leiche zu haben, wieder etwas zu nah an das Flatterband trat.

Der alte Richter wandte sich daraufhin an seinen Mitspieler und flüsterte ihm leise und etwas verschämt ins Ohr: „Da kriegt das *Hole in one* ja auf einmal eine ganz andere Bedeutung.“ Stratkötter wusste nicht so richtig, ob er jetzt lachen oder seinem pietätlosen Flightpartner eine Rüge erteilen sollte.

Schließlich war der Mann jetzt tot, und selbst über einen solchen Herren wie diesen Feuerbach, dessen Beliebtheitsgrad im Club jede gängige Bewertungsskala nach unten durchschlug, machte man als Toten keine Witze mehr. Obwohl auch er in diesem Fall und aus gutem Grund fast der Meinung war, hier mal eine kleine Ausnahme machen zu können.

„Suspekt, suspekt", sprach Buschkamp leise vor sich hin, um dann, nachdem er seine Kollegen gebeten hatte, die Leiche erst einmal abzudecken, gleich das Gespräch mit den beiden alten Herren fortzusetzen. „Sie kennen doch sicher das Opfer?"

„Klar", meldete sich Schulte-Nellen spontan zu Wort. „Das ist Burghard Feuerbach, ein Kollege von uns, wenn ich das mal so sagen darf, obwohl wir beide seit über fünf Jahren im Ruhestand sind. Er ist Richter am Oberlandesgericht in Hamm. Soweit ich weiß, am Zivilsenat. Unsere Clubsekretärin Frau Kemper sucht Ihnen sicher seine Adresse heraus."

„Später", entgegnete Buschkamp knapp. ‚Zufälle gibt es', dachte er, immer nachdenklicher werdend, ‚zwei Richter des Oberlandesgerichtes finden auf einem Golfplatz einen mausetoten dritten. War das etwa wirklich ein dummer Zufall, oder Absicht oder womöglich ein Hinweis?' In jedem Fall spürte er fast instinktives Misstrauen. Wohl, weil diese Berufsgruppe bei ihm, geprägt durch seinen manchmal frustrierenden Berufsalltag, ein recht überschaubares Ansehen genoss. Manch selbstgerechter Vertreter dieser besonderen Gattung, der nur zu oft Recht mit Gerechtigkeit verwechselte, war ihm dabei schon über den Weg gelaufen.

„Hatten Sie mit dem Opfer früher näher zu tun?", fragte Buschkamp an die beiden gewandt. Schulte-Nellen fühlte sich mal wieder als Erster angesprochen:

„Nein, eigentlich nicht, wenn man mal davon absieht, dass wir zum Schluss unserer Dienstzeit noch einen kleinen internen Ärger mit dem Mann hatten, weil er meinte, wir hätten damals gemeinsam unrechtmäßig einen Fall niedergeschlagen."

„Verstehe“, gab Buschkamp knapp zurück, ohne wirklich zu verstehen. Gleichzeitig drängte es ihn unvermittelt zu einer kleinen, nicht besonders gut überlegten Provokation: „Dann kann man auf dem Golfplatz ja schon mal draufhalten, oder?“

„Was erlauben Sie sich?“, entrüstete sich Schulte-Nellen, und man sah, wie ihm das Blut ins Gesicht stieg. „Sie sprechen hier mit zwei ehrenwerten Richtern a. D. und nicht mit Ihresgleichen! Der Mann war schon seit Stunden tot, als wir ankamen, Sie kriminalistischer Kretin!“

Üblicherweise steckte er solche verbalen Frechheiten nach der alten westfälischen Methode „Was kümmert es die Eiche, wenn sie der Hund anpinkelt“ weg. Hier schien es ihm zudem angesichts seines etwas unüberlegten Vorpreschens angebracht etwas zurückzurudern:

„Ja, ist ja schon gut, regen Sie sich nicht auf.“ Schließlich wollte er nicht auch noch die Verantwortung dafür tragen, dass dieses eingebildete Individuum hier auf dem Golfplatz einen veritablen Herzkasper bekommen würde. Ein Toter reichte für heute völlig.

„Warum spielen Sie bereits morgens um diese Stunde? Sie haben doch alle Zeit der Welt“, fragte er eher beiläufig als interessiert, wiederum ohne sich ausreichende Gedanken über die Wirkung dieser Worte auf das bereits erhitzte Gemüt seines Gegenübers zu machen.

Und wie nicht anders zu erwarten war, setzte Schulte-Nellen auch diesmal wieder alles daran, seinen wohl ohnehin nicht sonderlich niedrigen Blutdruck zu neuen Höchstwerten zu treiben.

„Zunächst mal können wir spielen, wann wir wollen. Zweitens spielen wir hier jeden Mittwochmorgen um diese Zeit, und drittens haben wir am Sonntag unser großes Clubturnier, und dafür trainieren wir am liebsten früh morgens, egal bei welchem Wetter, wenn es noch nicht so voll ist auf dem Platz. Reicht Ihnen das als Begründung, Sie Flegel?“

„Ja, ist ja schon gut", gab Buschkamp wieder kleinlaut zurück. Kein Wunder, dass er diese beiden Herren bisher noch nie auf dem Golfplatz gesehen hatte. Ganz gegen seine Art machte er sich ein paar Notizen auf einem alten, vollkommen abgenutzten Block, den er zur Überraschung der Umstehenden jetzt erstmals aus seiner Jackentasche zog.

Wenige Minuten später traf die Spurensicherung ein.

„Auch schon da? Sind ja schon fast die Würmer drin", begrüßte sie Buschkamp trocken. Die drei Herren, an Kommentare dieser Art von ihrem wundersamen Kollegen gewöhnt, gingen ihrer Arbeit in ihren weißen Overalls zunächst vordergründig professionell nach, machten Fotos, sicherten den Golfball in einer kleinen Plastiktüte und suchten dann, zunehmend lustlos, das Gelände nach irgendwelchen Indizien ab. Für sie war schnell klar, dass es sich hier zwar um einen bedauerlichen, aber nichtsdestotrotz um einen Unfall handelte. Warum also der ganze Aufwand einer vollständigen Spurensuche?

Die Soester Polizei hatte heute Morgen das gesamte Clubgelände des Golfplatzes gesperrt und alle sporadisch eintreffenden Golfer unverrichteter Dinge wieder nach Hause geschickt, naturgemäß zu deren Ärger. Gleichzeitig wurden die Personalien der wenigen zu diesem Zeitpunkt spielenden Golfer aufgenommen, um auch diese dann zu bitten, das Gelände zu verlassen, was sie unter teils deutlich vernehmbarem Protest auch taten.

Die dunklen Herren mit dem Zinksarg waren gegen 10:30 Uhr am Tatort angerückt, um die Leiche auf Buschkamps Geheiß und nach Absegnung des Notarztes in die Pathologie des Evangelischen Krankenhauses nach Hamm zu bringen, damit sie dort von einem Gerichtsmediziner untersucht werden konnte. Ihr Leichenwagen hatte wesentlich mehr Mühe als das geländegängige Fahrzeug des Notarztes gehabt, die nassen Bahnen zu überqueren, was man an den noch tieferen Spuren erkennen konnte.

Die Sonne stand schon hoch am Himmel. Die Wolkenformationen deuteten den Wechsel zu lang anhaltendem, schönem Wetter an, als sich der gesamte Tross teils laufend, teils fahrend Richtung Clubhaus bewegte. Dort schlug Buschkamp erst einmal in einem Nebenraum des Restaurants sein, wie er es nannte, „provisorisches Ermittlungsbüro“ auf.

Buschkamp war klar, dass hier nicht alles mit rechten Dingen zugegangen sein konnte, was aber noch zu beweisen sein würde. Die Verletzung des Opfers war deutlich zu schwer, um von einem normalen Golfschlag herzurühren. Nach kurzen Telefonaten mit dem Soester Kommissariatsleiter, Haverlands Vorgesetztem, und seinem eigenen Chef Dittmann in Dortmund, dessen Zustimmung ihn am meisten verwunderte, beschloss er, den Fall zu übernehmen. Letzterem verschwieg er natürlich geflissentlich, dass er seit Wochen im Golfclub Stahlberg spielte, oder besser, es ernsthaft versuchte. Diesen Umstand hätte Dittmann mit absoluter Sicherheit als Befangenheit ausgelegt und einen Kollegen von ihm beauftragt. Nein, nein, diesen Fall in seinem Golfclub würde er schon selber lösen, schließlich kannte er sich ja hier schon einigermaßen aus.

Auch sein junger, in Werl wohnender Kollege Christian Stankiewicz, ein hagerer und etwas ungelenk daherkommender Kommissar im ersten Berufsjahr, stand schon wenige Minuten später im Türrahmen, aufgrund der auch ihm übermittelten Information der Leitstelle ahnend, dass hier Arbeit für ihn anstand. Genauso grün wie der hinter den Ohren war, genauso gut war dieser hochmotivierte Knabe für die Detailarbeiten zu gebrauchen, die Buschkamp so gar nicht lagen. Recherchen in Polizei-Datenbanken und Internet, Routinenachforschungen oder gar das Schreiben von Berichten erledigte dieser intelligente Spross einer zu Beginn des letzten Jahrhunderts und damit zur Blütezeit des Bergbaus in das Ruhrgebiet eingewanderten polnischen Bergarbeiterfamilie aufs Vorzüglichste.

Marlies Kemper, die auf besondere Art ländlich hübsche und höchstens 40 Jahre alte Clubsekretärin, stand, ihr braunes Haar adrett zu einem Pferdeschwanz gebunden, mit dem Betreiber der Golfclubgastronomie Theo Kreggenfeld am Tresen des Clubrestaurants und versuchte, sich gemeinsam mit ihm einen ersten Reim auf die ungeheuerlichen Vorgänge des gestrigen Abends zu machen. ‚Eine tolle Frau', dachte Buschkamp so bei sich, als er auf sie zutrat, um sich einen Kaffee in sein „Ermittlungsbüro" zu holen, wie sie so in ihrem bunten Sommerkleid mit einem breiten weißen Gürtel um die schmale Taille, der ihre Figur auf das Vortrefflichste betonte, an der Theke stand. Etwas ungeübt in galanter Unterhaltung und den Kaffee vergessend, fiel Buschkamp erst einmal mit der Tür in Haus.

„Sie sind die Clubsekretärin?"

„Ja", entgegnete diese etwas verschreckt. „Wir haben schon mal miteinander telefoniert, glaube ich. Sie hatten sich doch für die Platzreife angemeldet, oder? Was kann ich denn für Sie tun?"

„Ich brauche die Adresse von diesem Burghard Feuerbach. Und ich glaube, dann können Sie den auch gleich aus der Kartei löschen. Der ist nämlich jetzt tot."

Nur das zurückhaltend aufgetragene Rouge unterdrückte die blitzschnell aufkeimende Blässe im Gesicht der Sekretärin. Sichtlich um Fassung bemüht, ergriff sie dann aber beherzt wieder das Wort.

„Und Sie sind der mit dieser Geschichte betraute Kommissar?"

Buschkamp wurde nun doch langsam klar, dass es am Stil der Unterhaltung mit dieser entzückenden Person noch einiges zu verbessern gab.

„Entschuldigung. Mein Name ist Bernhard Buschkamp, und ich komme von der Kriminalpolizei aus Dortmund, Mordkommission."

Zufrieden nahm Marlies Kemper zur Kenntnis, dass dieser eigentlich gutaussehende, wenn auch etwas gewöhnungsbedürftig gekleidete Mann, durchaus Ansätze von Benehmen hatte, und richtete das Wort an den Wirt, der ihr gegenüber hinter der Theke stand.

„Theo, mach doch dem Kommissar erst mal eine Tasse Kaffee. Er ist heute sicher schon seit sehr früh auf den Beinen."

Dem Wirt, den Buschkamp bereits gut kannte, nickte er nur kurz begrüßend zu. Ohne die Unterhaltung jetzt jedoch vorschnell ins Vertrauliche abdriften zu lassen, wandte er sich wieder an die Sekretärin.

„Mein Kollege hier", sagte er und deutete dabei auf den inzwischen neben ihm stehenden Stankiewicz, „möchte eine Liste aller gestern Abend gegen 22:00 Uhr auf dem Golfplatz anwesenden Personen, Spieler, Angestellte, egal wer. Können Sie ihm dabei helfen?"

„Das ist nicht ganz leicht, Herr Kommissar, schließlich ist um diese Zeit das Büro nicht mehr besetzt. *Greenfeespieler* hatten wir gestern Abend aber keine, das habe ich heute Morgen auf der Liste bereits gesehen. Es kommen also nur Clubmitglieder in Frage, und die wenigen Clubspieler, die so spät noch auf dem Platz sind, erkennen wir in der Regel an den PKWs auf dem Parkplatz. Schließlich sind wir ein Landclub, und so gut wie keiner kommt zu Fuß oder mit dem Fahrrad hier raus, wenn ich mal von einem besonders sportlichen Arzt aus Heessen absehe, der aber schon seit ein paar Tagen nicht mehr hier war. Vielleicht wissen Sie, dass der Club über 700 Mitglieder hat. Stellen Sie sich mal vor, Sie müssten die alle überprüfen." Mit dieser Bemerkung verabschiedete sich diese charmante Frau Kemper, inzwischen wieder fröhlich lachend, in Richtung ihres Büros, das direkt an den Eingangsbereich des Clubhauses grenzte und nur mit einer großen Glaswand von diesem abgetrennt war. Ihr bei jedem Schritt leicht wippender Pferdeschwanz verlieh diesem

Abgang einen besonderen Zauber, dem sich der Kommissar nicht entziehen konnte.

‚Tolle Frau', dachte Buschkamp noch einmal. Warum beschäftigte man auf seiner Dienststelle nicht eine solche Dame, sondern diese Schabracke von Walterscheid, die als kompletter Gegenentwurf zu Marlies Kemper hätte durchgehen können? Mit einem kurzen dankenden Blick Richtung Kreggenfeld und der Tasse Kaffee in der Hand ging Buschkamp wieder in „sein" Büro.

Zunächst beauftragte er den bereits schon wieder erwartungsvoll neben ihm stehenden Stankiewicz damit, die notwendigen kriminaltechnischen Untersuchungen zu veranlassen und sich danach sofort auf den Weg zum Oberlandesgericht Hamm zu machen. Er wollte Informationen über alle Fälle, die dieser Feuerbach in den letzten beiden Jahren bearbeitet hatte, zweifelhafte Urteile, Drohungen gegen ihn usw.

„Und was soll ich heute Nachmittag machen, Chef?", versuchte Stankiewicz eine spitze Bemerkung über dieses stattliche Bündel an Aufgaben. Ohne sich jedoch weiter darum zu kümmern, gab der nur lapidar zurück:

„Sie können mich ja anrufen, wenn Sie fertig sind."

Nachdem ein uniformierter Polizist und ein Kollege der Spurensicherung kurz darauf meldeten, dass ihre Arbeiten nun endgültig abgeschlossen seien, entschied Buschkamp, den Platz wieder freizugeben, wünschte den inzwischen wieder zahlreich herumstehenden und bislang verhinderten Golfspielern für den Rest des Tages noch etwas linkisch ein „*schönes Spiel*" und begab sich zur Theke. Hier polierte Theo Kreggenfeld gerade höchst demonstrativ eines seiner Weingläser. Der stabile und gutmütig aussehende Mann mittleren Alters schien fast darauf zu warten, endlich von ihm vernommen zu werden, doch bevor Buschkamp sich überhaupt eine passende Frage überlegt hatte – dieser Vorgang dauerte gewöhnlich ein kleines Weilchen –, erschien Marlies Kemper auch schon mit einem Zettel in der Hand:

„Hier die Liste aller Leute, die zum geschätzten Tatzeitpunkt auf dem Golfplatz waren. Wir hatten Glück, dass unser *Greenkeeper* noch in der Werkstatt zu tun hatte. Er konnte mir alle Namen, übrigens inklusive seines eigenen, nennen. Sie sehen also, dass es sich um eine sehr sorgfältige Aufstellung handelt." Buschkamp nahm sich die sauber auf einem PC erstellte Liste und las sie aufmerksam durch:

Clubmitglieder:
Günther Lodenkemper, Installateurmeister aus Ahlen (nur bis ca. 21:00 Uhr)
Dr. Martin Rühberg, Steuerinspektor a. D.
Clemens Oexter, Rechtsanwalt

Mitarbeiter:
Jason Dwight, Pro
Paul Linnemann, Head-Greenkeeper
Theo Kreggenfeld, Gastronom

Eine derart klare und übersichtliche Anzahl möglicher Verdächtiger hatte seine Fälle der vergangenen Jahre nicht gerade ausgezeichnet, sie war fast zu klar, wie ihm schien. Schließlich konnte der Golfplatz auch von x-beliebigen Personen betreten worden sein, die hier beträchtliches Unheil anrichten konnten. Die ersten drei auf der Liste würde er sich nun in den nächsten Tagen der Reihe nach und mit der nötigen Sorgfalt vornehmen und die Angestellten des Clubs dabei locker dazwischenschieben.

Nach weiterem Geplauder mit Frau Kemper, das Buschkamp nun auch unter konzentrierter Aufbietung seines gesamten westfälischen Charmes etwas freundlicher gelang, ein Ereignis, das nach seiner Scheidung vor einem Jahr selten genug vorkam, meldete sich sein Handy, das er aus purem Lokalpatriotismus als Klingelton mit dem Glockengeläut der Hammer

Pauluskirche versehen hatte. Der Anrufer war allerdings weniger angenehm:

„Mensch Buschkamp, warum habe ich noch nichts von Ihnen gehört? Da haben wir einen richtig großen Fall an der Angel, und Sie erstatten mir nicht einmal einen Zwischenbericht!?"

„Herr Dittmann, ich bin gerade erst einmal dabei herauszufinden, ob es sich hier überhaupt um einen Mord handelt."

„Was sagen Sie da?", brüllte Dittmann in den Apparat. „Da wird ein Richter tot auf einem Golfplatz gefunden, und Sie glauben, das war ein Unfall? Passen Sie mal auf, Buschkamp. In spätestens einer Stunde sind Sie bei mir hier im Büro, und dann besprechen wir den Fall. Ist das so weit klar?"

„Ja, aber ich müsste jetzt erst einmal die Verdächtigen …"

„Buschkamp, ich sagte in einer Stunde!"

Dieser selten dämliche Trottel von einem Kommissariatsleiter konnte ihm mal den Buckel runterrutschen. Auf jeden Fall würde er sich jetzt erst einmal auf den Weg zum Haus dieses Feuerbach machen, dessen Adresse diese bemerkenswerte Frau Kemper ihm bereits auf einem kleinen Zettel überreicht hatte. Schließlich gehörte es zu seinen Aufgaben, der frischgebackenen Witwe unverzüglich, und im Rahmen seiner bescheidenen Möglichkeiten schonend, den Tod des Gatten beizubringen – und dabei vielleicht erste Hinweise auf ein mögliches Motiv zu erfragen.

Die Feuerbachs wohnten im Hammer Osten in der Jägerallee, einer der nobelsten Adressen der Stadt Hamm, und lagen damit fast auf dem Weg in das Dortmunder Büro, dessen Besuch sich heute wohl nicht mehr aufschieben ließ. In jedem Fall würde er morgen hier vor Ort endgültig sein Ermittlungsbüro im Club aufschlagen und am besten diese Frau Kemper als seine Sekretärin gewinnen.

Als er gerade gut gelaunt das Clubhaus verlassen wollte und den Vorraum durchquerte, kam ihm eine schlanke und sehr elegante, etwa 35 Jahre alte Frau schnellen Schrittes entgegen.

Sie sah, so viel konnte Buschkamp anhand ihrer Kleidung einschätzen, nicht unbedingt danach aus, als wolle sie jetzt gleich auf den Platz gehen. Im gleichen Moment kam ihr Jason, seinen *Golfbag* wie immer locker über den Rücken gehängt, entgegen und nahm sie innig in den Arm.

„Es tut mir wirklich leid, Yvonne ...", hörte Buschkamp noch im Vorbeigehen. Den Rest verstand er nicht mehr. ‚Wem tut hier was leid und warum?', schoss es ihm durch den Kopf. Sofort wandte er sich um.

„Hallo Jason! Stellst du mir bitte mal die junge Dame vor?"

Der *Pro*, der von diesem Buschkamp in den vergangenen Wochen schon so einiges an benehmenstechnischen Entgleisungen gewohnt war, entschuldigte sich zunächst, wie es sich für einen anständigen Engländer gehörte – auch wenn es hier für ihn rein gar nichts zu entschuldigen gab.

„I'm very sorry, Bernhard. Darf ich dich Mrs. Feuerbach vorstellen?"

Hierauf war Buschkamp nun überhaupt nicht vorbereitet. In seinem Kopf mussten jetzt erst einmal ein paar Sätze zusammengestellt werden, die der Situation angemessen waren. Er hatte doch vorgehabt, das auf dem Weg zu der Witwe im Wagen zu tun.

„Es tut mir – ich meine, Sie haben ja sicher schon – also um es kurz zu machen: Ihr Mann ist verunglückt oder so ähnlich, auf jeden Fall tot. Was Genaues wissen wir noch nicht."

Frau Feuerbach schluchzte laut auf und warf sich wieder in die Arme von Jason, ohne weiter Notiz von ihrem ungehobelten Gegenüber zu nehmen. Buschkamp entschied sich, den verärgerten Blick Jasons erst einmal nicht zur Kenntnis zu nehmen. Schließlich wusste er, dass dieser Golflehrer als der Womanizer des Golfclubs schlechthin galt und sicher auch schon mal bei dieser attraktiven Frau Feuerbach gelandet war, die ihm im Übrigen ein ganzes Stück jünger aussah als ihr soeben tragisch verstorbener Gatte.

Wissend, dass diese kleine Unterhaltung so bald nicht unter der Rubrik „zielführend“ abzulegen sein würde, entschied er sich noch einmal, zu Frau Kemper zurückzugehen. Jahrzehntelange Büroerfahrung hatte ihn gelehrt, dass Sekretärinnen immer alles wissen, und auch diesmal würde er sicher nicht enttäuscht werden.

„Klar“, sagte Marlies Kemper wie selbstverständlich. „Die beiden haben schon seit ein paar Monaten was miteinander. Ist ja auch kein Wunder bei diesem Stiesel von …“ Hier unterbrach sie sich.

„Entschuldigen Sie, Herr Kommissar, man soll über einen Toten ja nichts Schlechtes reden. Ich meine, da war schon ein großer Altersunterschied zwischen den beiden. Kein Wunder, dass die sich mal nach ’nem Jüngeren umgesehen hat, oder?“

„Tun Sie sich keinen Zwang an, Frau Kemper. Schließlich kann ich mir dann die lange Fragerei sparen. Das nervt mich auch immer an diesen dusseligen Fernsehkrimis. Stundenlanges Geschwafel und irgendwann, eine Ewigkeit zu spät, kommen die Jungs endlich mal auf den Punkt.“

Marlies Kemper war erstaunt von dieser ungewohnten Gesprächigkeit. Die direkte Art des Kommissars mochte sie. Auf jeden Fall wusste man, wo man dran war bei diesem Typ, und das war doch hier in Westfalen schon die halbe Miete. Außerdem fand sie diesen Herren mit seinen herrlich treubraunen Augen langsam wirklich sympathisch.

Bei Theo Kreggenfeld hatte Buschkamp nach den Trainingsstunden der vergangenen Wochen immer noch ein kleines Pils getrunken. Das hatte schon nach ein paar Wochen zu einem gewissen Maß an Vertraulichkeit zwischen den beiden geführt, zumal beide aus Hamm kamen. Als sich der Kommissar nun endlich an ihn wandte, sprudelte es dann auch gleich aus diesem heraus:

„Mensch Bernhard, jetzt wird der Golfclub auch noch zu deinem Arbeitsplatz!“

„Das kannst du wohl laut sagen", gab Buschkamp schwer ausatmend zurück und setzte sich erschöpft auf einen der Barhocker.

„Ein Pils?"

„Nein, lass mal stecken, bin ja noch im Dienst. Aber noch einen Kaffee kannst du mir machen."

Den Kaffee hatte er schon fast ausgetrunken, ohne dass eine Unterhaltung ins Rollen kam. Das war es, was Buschkamp an „echten" Westfalen so mochte. Sie quatschten nicht einfach nur so rum, sondern sie konnten auch mal abwarten, bis der richtige Zeitpunkt gekommen war, der für das etwas unterentwickelte Sprachzentrum dieser liebenswerten Volksgruppe im Grunde nämlich Arbeit bedeutete.

„Du, Theo, du hast doch sicher schon gehört, was passiert ist?"

„Hab ich, Bernhard", war die ebenso knappe wie präzise Antwort.

„Du kennst dich doch hier im Club aus – hast du eine Vorstellung, wer diesem Feuerbach an die Wäsche wollte?"

Kreggenfeld überlegte eine Weile und zapfte sich dabei mit professionellen Handbewegungen ein kleines Pils. Schließlich war es ja auch schon Nachmittag, und Aufregung gab es heute fraglos genug.

„Dieser Feuerbach war einer der unbeliebtesten Leute im Club. Ich glaube, der hatte hier wirklich keine Freunde."

„Wie meinst du das, Theo?"

„Ach, du verstehst schon, was ich meine. Fast jeder ist mal mit dem aneinandergeraten, sei es hier im Club oder beruflich."

„Beruflich?"

„Der hatte doch vor drei oder vier Jahren, als er noch im Strafsenat des Oberlandesgerichtes beschäftigt war, sogar mal den Vater unseres Greenkeepers verknackt. Hatte dir das noch nie jemand erzählt?"

„Nee, wegen was denn?“

„Der hatte einen Prozess laufen, weil er einem jungen Typen eins auf die Nase gegeben hat, der in der Fußgängerzone auf einen wehrlosen alten Herren einschlug. Das lief dann durch die Instanzen bis zum Oberlandesgericht, und dann befand dieser Feuerbach, in seiner unendlichen selbstherrlichen Weisheit, dass Vater Linnemann sich damit der Körperverletzung schuldig gemacht habe, und verurteilte ihn zu einer recht hohen Geldstrafe, die der zu diesem Zeitpunkt weder aufbringen konnte noch wollte. Und schon saß er ein paar Wochen später in Erzwingungshaft. Das musst du dir mal vorstellen: Ein 63 Jahre alter Mann, der das Verbrechen begeht, einem Jugendlichen, der einen anderen angreift, mal ordentlich was aufs Maul zu hauen. Dummerweise war der Vater dieses Jugendlichen wohl ein entfernter Bekannter von diesem Feuerbach.“

Buschkamp schossen ein paar Fälle seines Berufsalltags durch den Kopf. Da brachte man mit viel Mühe jemanden hinter Schloss und Riegel, und irgendein Richter fand einen fadenscheinigen juristischen Aspekt, der dem Täter wieder auf freien Fuß half. Hier hatte es ein Richter sogar fertig gebracht, einen Täter zum Opfer zu machen.

Dennoch waren Motive nun mal das Salz in der Suppe des Kriminalistenalltags. Führten sie doch auf schnellstem Weg direkt zum Täter. In diesem Fall gestaltete sich die Situation nun aber leider etwas unübersichtlich. Jetzt kam also neben Jason auch noch dieser Greenkeeper ins Bild, und beide standen auf Frau Kempers Liste. Er musste nur herausfinden, wer von den beiden genau zu dieser Zeit nah genug an den Ort des Geschehens kommen konnte, was aber bei der Weitläufigkeit eines Golfplatzes gar nicht einfach war.

Buschkamp stützte seinen Ellbogen auf die Theke und nahm den letzten, inzwischen kalten Schluck Kaffee aus der Tasse.

„Danke, Theo, du machst meinen Job auch nicht leichter.“ Sprach es, stand auf und ging Richtung Ausgang, allerdings nicht ohne im Weggehen dem Mann an der Theke noch zuzurufen:

„Schreib es an – wie immer."

Auf der Fahrt ins Büro in der Dortmunder Innenstadt gewann der Kommissar den noch etwas unbestimmten Eindruck, dass irgendetwas mit seinem Mercedes nicht in Ordnung war. Das Motorgeräusch hörte sich anders an als sonst. Schließlich fuhr er den Wagen schon über zehn Jahre, und da entwickelte man eine gewisse Sensibilität für seinen fahrbaren Untersatz – vielleicht manchmal sogar etwas zu viel.

Wenigstens erwischte er einen der dienststelleneigenen Parkplätze des Polizeipräsidiums in der Dortmunder Markgrafenstraße, ganz in der Nähe der immer noch einer neuen Verwendung harrenden Ruinen der ehemals berühmten Dortmunder Kronenbrauerei.

Auf seinem Schreibtisch lag bereits ein kleiner gelber Zettel von dieser Büromatrone Walterscheid, der ihm bedeutete, dass „KHK Buschkamp" sich bitte sofort, und dieses Wort war zweimal unterstrichen, bei „EKHK Dittmann" melden solle. Allein schon diese albernen und vollkommen überflüssigen Dienstgrad-Abkürzungen (KHK für „Kriminalhauptkommissar" und EKHK für „Erster Kriminalhauptkommissar") gingen ihm mächtig auf den Zeiger.

„Verdammt noch mal!", fluchte er leise vor sich hin, „der Kaspar weiß doch, dass ich komme, und macht hier auch noch einen auf wilden Mann!" Noch eine Nummer missmutiger als gewöhnlich, machte er sich auf den Weg zu Dittmanns Büro, das, als wäre es ein Naturgesetz, dass höhere Angestellte auch höher liegende Büros haben mussten, eine Etage höher im Gebäude beheimatet war. Mann, er war heute gar nicht mehr gut drauf. Diese Stimmung erforderte entschiedene Selbstbeherrschung, eine Disziplin, in der er es niemals zu echter Meisterschaft bringen würde.

Dittmann, ein schlanker, sportlicher Mann mit beginnender Stirnglatze, saß gehüllt in einen seiner offensichtlich nicht ganz billigen Anzüge an seinem Schreibtisch und beschäftigte sich auf das Intensivste mit seinem PC. Sicher war es wieder eine von diesen bescheuerten Statistiken, die dieser karrieregeile Typ anfertigte, um Reports an seinen Dienstherren aufzuhübschen. Zehn Jahre jünger als er, aber schon sein Vorgesetzter. Der wusste, wie es ging!

„Ah, Buschkamp! Da sind Sie ja endlich!"

Buschkamp entschied sich, nicht zu reagieren. Warum sollte er sich auch mit seiner eigenen Arbeit entschuldigen.

„Was macht der Fall im Golfclub? Haben Sie schon eine Spur? Ich muss Ihnen ja wohl nicht sagen, dass dieser Fall eine ungeheure Relevanz hat. Schließlich geht es bei dem Opfer um einen Richter des Oberlandesgerichtes Hamm."

Wie er solche aneinandergereihten Fragen hasste. War diesem Lümmel in seiner elitären Erziehung nicht beigebracht worden, eine Frage zu stellen und dann erst einmal auf eine Antwort zu warten?

„Herr Dittmann, der Vorfall ist gestern am späten Abend geschehen und heute Morgen bekannt geworden, und ich habe mit meinen Ermittlungen vor Ort sofort begonnen."

„Buschkamp, die Leitstelle hatte Sie heute Morgen um 9:00 Uhr bei sich zu Hause erreicht!?"

„Weil ich es mir gestattet habe, ein paar meiner zahlreichen Überstunden abzufeiern."

„Warum haben Sie das denn nicht angemeldet?"

„Weil ich meine ganzen Überstunden auch nicht anmelden konnte! Oder soll ich Sie demnächst erst anrufen, wenn ich nachts zu einem Fall gerufen werde, um Ihre Erlaubnis einzuholen?"

Dittmann strich sich zunächst etwas verlegen durch das wie immer perfekt frisierte Haar, um dann aber gleich wieder auf Angriff zu schalten: „Jetzt werden Sie mal nicht frech! – Zu Ihrem Fall: Wie ist der Stand?" Das sah dieser Pfeife ähnlich.

Immer wenn es eng für ihn wurde: Themawechsel! Bockig entschied sich Buschkamp zu einer extremen Kurzfassung seines Berichtes:

„Es könnte ein Unfall gewesen sein. Die Gerichtsmedizin hat versprochen, morgen im Laufe des Tages einen ersten Bericht vorzulegen. Dann wissen wir, ob es eventuell Mord war. Verdächtige mit Motiv gibt es im Club offensichtlich genug."

„Ja, dann machen Sie sich morgen mal an die Arbeit. Ich will hier einen schnellen Erfolg sehen!"

‚Den du Dumpfbacke auch gesehen hättest, wenn du mich nicht heute noch nach Dortmund ins Präsidium beordert hättest – nur um mir zu sagen, ich solle mich an die Arbeit machen', dachte sich Buschkamp. Dittmann entging der verächtliche Blick des Kommissars nicht, und er fühlte sich bemüßigt, ein weiteres Fass aufzumachen:

„Es wäre ja auch mal eine gute Maßnahme, wenn Sie Ihre Arbeitsgeschwindigkeit wenigstens in diesem Fall einmal der besonderen Brisanz anpassen würden!"

Das war zu viel für Buschkamp. „Haben Sie was an den Resultaten meiner Arbeit auszusetzen – Herr Erster Kriminalhauptkommissar Dittmann?" ‚Das saß', dachte er still bei sich. Schließlich war diesem eitlen Fatzke spätestens seit einer seiner dämlichen Statistiken klar, dass Buschkamp seine Erfolgsquote keineswegs zu verstecken brauchte. Nicht nur das. Wenn er sich mal in einen Fall verbissen hatte, dann löste er ihn auch, selbst wenn die Methoden hier und da zur Diskussion Anlass gaben – und wenn es manchmal Jahre dauerte. Das wusste jeder hier im Kommissariat.

„Buschkamp, wir scheinen uns nicht zu verstehen. Ich habe nicht von Arbeitsergebnissen gesprochen, sondern von Arbeitsgeschwindigkeit."

‚Wir scheinen uns nicht zu verstehen', äffte ihn Buschkamp in Gedanken nach. Dabei verstand er diesen Typen ganz gut: Im Verantwortungsbereich dieses Bürohengstes war endlich mal jemand von gewisser Relevanz umgebracht worden. Kein kleiner Drogendealer oder irgendein bescheuertes Eifersuchtsdrama. Das war doch eine herrliche Gelegenheit, sich ordentlich zu profilieren. Es konnte doch nicht sein, dass so ein kriminalistisches Talent hier im ruhrgebietlichen Dortmund auf lange Sicht verkümmerte.

Dennoch begründete sich seine Abneigung gegen Dittmann gar nicht einmal in diesem, für jeden deutlich erkennbaren Karrierestreben. Vielmehr spürte er, dass die Motivation, die am Ende des Tages jeden Kriminalisten in seinem Job auszeichnen sollte, nämlich der Gerechtigkeit zu dienen, bei diesem Mann schlichtweg nicht vorhanden war.

„Verdammt noch mal, Buschkamp! Ich rede mit Ihnen!"

„Herr Dittmann! Ich mache meine Arbeit so, wie ich es für richtig halte. Solide polizeiliche Arbeit geht bei mir vor blindem Aktionismus, auch wenn der für meinen Vorgesetzten etwas geschäftiger aussehen mag. Und wenn Ihnen das nicht passt, dann steht Ihnen doch eine ganze Fülle von disziplinarischen Maßnahmen zur Verfügung, oder?"

Sätze dieser Länge strengten Buschkamp immer etwas an, weshalb er beschloss, jetzt doch einen Gang herunterzuschalten, um die Situation nicht noch weiter zu eskalieren.

„Ich lasse mir derartige Frechheiten nicht mehr lange von Ihnen bieten, Buschkamp!" Der Kommissariatsleiter schmiss die Akte, die er vor sich auf dem Tisch liegen hatte, in den Ablagekorb.

„Ich denke, wir haben uns verstanden. Guten Tag, Herr Buschkamp!"

Halb im Umdrehen begriffen würgte Buschkamp noch ein kleinlautes „Guten Tag, Herr Dittmann" heraus und beeilte sich, den ungastlichen Raum zu verlassen. Dieses in der Wolle gefärbte Riesenarschloch sollte doch denken, was es wollte, und ihn in Ruhe seine Arbeit machen lassen.

Eine Weile saß Buschkamp nach dem Gespräch regungslos

an seinem Schreibtisch, sein Rückzugsterritorium im Polizeipräsidium. Die viel zu vielen Leute, die als „Kunden" eine solche Behörde bevölkern, gingen ihm mächtig auf die Nerven. Den ganzen Tag ein ewiges Kommen und Gehen von Gestalten, denen man nachts nicht unbedingt im Park begegnen wollte.

Den kurzen Rest dieses verdammten Tages verbrachte Buschkamp damit, noch einmal mit seinem Kollegen Stankiewicz zu telefonieren und schließlich den unvermeidlichen ersten Bericht zu verfassen, den dieser Dittmann immer „unverzüglich" auf dem Tisch haben wollte.

Gegen 19:00 Uhr beschloss er, endlich nach Hause zu fahren. Dieser Dittmann hatte es wieder einmal geschafft, jede Form von Motivation für diesen ohnehin schwierigen Job im Keim zu ersticken.

Als er seinen Mercedes über die Autobahn Richtung des heimatlichen Ostwennemar steuerte, vernahm er auf der Höhe des Kamener Kreuzes aus dem Motorraum die ersten konkreten und sehr ungesunden Geräusche, die darauf hindeuteten, dass sich hier wohl langsam ein Riss am Auspuffkrümmer entwickelte. Er würde, das war unvermeidlich, in den nächsten Tagen mit seinem automobilen Schätzchen wohl eine Werkstatt aufsuchen müssen. Zunächst ging sein neuer Fall aber vor. Die paar Tage bis zur Klärung würden die nach sachgerechtem Austausch lechzenden Komponenten wohl noch durchhalten, zumal auch der Endschalldämpfer ihm schon seit Wochen deutlich vernehmbar kundtat, dass sich sein Lebenszyklus einem baldigen Ende näherte.

An der Abfahrt Hamm-Rhynern signalisierte dann zu allem Überfluss auch noch die Kontrollleuchte des rechten Blinkers durch hektisches Flackern, dass auch hier Betreuung in Form eines Lampenwechsels angebracht war. Unangenehme Dinge kamen eben nie alleine.

# 3. KAPITEL

# Handicaps

*(Donnerstag)*

**„Weshalb ich mit einem neuen Putter spiele?
Weil der alte nicht so gut schwimmen konnte.“**

*(Craig Stadler)*

Die Schlägerform, Schaft und Handgriff des Schlägers, der *Golfhandschuh* des Spielers, der *Golfball*, das Wetter in seinen Äußerungsformen als Kälte, Wärme oder Wind, der Platz an sich, die Mitspieler: Alles trägt in gewisser Weise zu einem gelungenen Schlag bei – und dient als ebenso perfekte Ausrede, wenn das Ergebnis der Bemühung nicht der ambitionierten Vorstellung entspricht. Dass die eigentliche Ursache guter oder eben schlechter Schläge in der Regel hinter dem Griff des Schlägers zu suchen ist, wird bisweilen ein klein wenig vernachlässigt – aber das kennen Sie ja von Ihrem Computer: Da sitzt das eigentliche Problem doch auch meist mittig vor der Tastatur.

Ein noch leichter Morgennebel begann sich langsam aufzulösen und gab während der geräuschvollen Anfahrt des Mercedes den Blick auf die ganze Schönheit des Golfplatzes Stahlberg frei. Für den heutigen Nachmittag hatte die jugendlich-freundliche Damenstimme des örtlichen Radio Lippe Welle Hamm bereits sonnige 26 Grad in Aussicht gestellt! Buschkamp, kein Freund solch mediterraner Temperaturen, lenkte den leicht lädierten Stolz deutscher Automobilbaukunst vergangener Tage ohne Umwege direkt auf den Parkplatz des Golfplatzes, um dort seine Ermittlungen fortzusetzen.

Beim Öffnen der Tür schlug ihm heute Morgen ein besonders aromatischer Schwall Landluft, Marke: Schweine-Intensivzucht, entgegen. Der in der Nähe des Clubhauses liegende Schweinemaststall eines angrenzenden Gehöftes, dessen ehemalige rote Backsteinscheune dem Golfclub als Basislager seiner *Greenkeeper* und ihrer Werkzeuge und Maschinen diente, machte damit heute dem Begriff „Landclub" besondere Ehre.

Der Kommissar hatte Stankiewicz noch gestern Abend gebeten, heute ebenfalls direkt zum Club zu kommen. Als Buschkamp wie immer etwas später als alle anderen eintraf, hatte der Knabe bereits das konfiszierte provisorische Ermittlungsbüro arbeitsgerecht vervollkommnet. Er hatte zwei Tische zusammengeschoben, zwei Stühle passend drapiert, den Laptop angeschlossen und mittels einer flugs aufgebauten W-LAN-Verbindung zum Büro der Clubsekretärin mit der Außenwelt verbunden, und schon konnte es losgehen. Ein perfektes Büro mit einer noch perfekteren Aussicht. Man sah über die große, mit diversen Tischen ausgestattete Veranda des Golfclubs zum *Grün* des *Loches* 18 und weiter in die Landschaft des sich in über 20 Kilometer Entfernung erhebenden Haarstrangs. Mehr konnte man sich als Kriminalist nicht wünschen, zumal wenn man gerade dabei war, erste Affinitäten zu diesem bemerkenswerten Sport zu entwickeln.

„Das ist ja schöner als in unserem Büro!", versuchte Buschkamp ein Kompliment, was in diesem Fall bei seinem Kollegen auf fruchtbaren Boden fiel, war solcherlei doch selten genug. Damit erschien es dem Kommissar aber auch genug der Vertraulichkeiten.

Die beiden auf dem Tisch liegenden Tageszeitungen der Region, der Hammer Westfälische Anzeiger und der Soester Anzeiger, hatten mit großen Aufmachern auf den Lokalseiten vom Todesfall im Club berichtet und sprachen beide in erster Linie von einem möglichen tragischen Unfall. In beiden wurde aber auch bereits fast gleichlautend die bange Frage gestellt:

„Gibt es einen Golfplatzmörder in Stahlberg?"

„Stankiewicz, hier haben Sie erst mal mein Handy. Wenn dieser Dittmann heute anruft, sagen Sie ihm, dass ich in einem Verhör bin oder besser noch, dass ich gerade von einem Auto überfahren worden bin, oder was immer Sie wollen, verstehen

Sie? Lassen Sie sich was einfallen. Ich will diesen Kerl heute nicht sprechen!"

„Ist klar, Chef", war dessen kurze Antwort ohne jede Rückfrage, was Buschkamp zeigte, dass dieser hoffnungsvolle junge Mann schon früh im Leben ein paar existenziell wichtige Dinge verstanden hatte, wenn er in der Hackordnung einer Polizeidienststelle seinen Frieden haben oder womöglich nur einmal in Ruhe arbeiten wollte.

„Wie weit sind Ihre Ermittlungen beim Oberlandesgericht?"

„Mann, Chef, so was habe ich noch nie erlebt. Dieser Feuerbach war am Gericht ungefähr so beliebt wie Zahnschmerzen. Es wird wohl noch eine Weile dauern, bis wir genau wissen, wer hier im Club mit ihm zu tun hatte."

„Gut, Stankiewicz. Dann versuchen Sie jetzt gleich mal herauszubekommen, wer sich von unseren Aspiranten auf der Liste am Montagabend in der Nähe von Loch 14 aufgehalten hat, oder besser: Bestellen Sie mir doch diesen Dr. Rühberg und Herrn Oexter für heute Nachmittag hier in den Club!"

Etwas Systematik im Vorgehen konnte jetzt nicht schaden. Frau Kempers Liste lag ebenfalls bereits auf dem Tisch, und da Buschkamp gerade durch das Fenster sah, dass dieser Linnemann sich vor der Scheune daran machte, einen der Rasenmäher mit einem Hochdruckreiniger zu bearbeiten, beschloss er zunächst, diesem Verdächtigen aus dem Kreise der Clubangestellten einen Besuch abzustatten. Als überzeugter Landbewohner hatte Buschkamp in den vergangenen Wochen mit dem Greenkeeper bereits hier und da ein paar Worte über den einen oder anderen landwirtschaftlichen Aspekt seines Berufes gewechselt. Linnemann, ein stabiler Typ mittleren Alters und immer in seinem grünen Arbeitsanzug unterwegs, war ihm dabei als ein im Grunde gutmütiger Charakter erschienen – wenn dessen nervige Angewohnheit, immer irgendwelche dummen Golfwitze mehr oder weniger kunstvoll in seine Unterhaltungen einzubauen nur nicht gewesen wäre.

„Was verschafft mir die Ehre, Herr Kommissar? Kommen Sie etwa heute dienstlich?"

„Ich habe gehört, dass dieser Feuerbach Ihren Vater hinter Gitter gebracht hat?"

„Wer hat Ihnen denn diese alte Geschichte erzählt?"

„Das tut nichts zur Sache!", erwiderte Buschkamp barsch.

„Das kommt doch sicher von Theo Kreggenfeld, oder? Der hatte doch selbst ein dickes Ding mit dem Feuerbach laufen."

„Was meinen Sie denn damit?"

„Schließlich hat ihn dieser Feuerbach doch mal bei der Gewerbeaufsicht angezeigt, weil hier in seiner Küche nicht alles so mit rechten Dingen zuging. Das hätten Sie damals mal sehen sollen, was da hier los war. Um ein Haar hätte die Küche schließen müssen, und das wegen einer vollkommen nebensächlichen Lappalie, die …"

„Herr Linnemann, wo waren Sie am Dienstagabend gegen 22:00 Uhr?", unterbrach Buschkamp Linnemanns Redefluss.

„Jetzt lassen Sie mal nicht so den Kommissar raushängen, Herr Buschkamp. Ist doch auch Ihr Club. Wie Sie wissen, bin ich der Head-Greenkeeper, und im Sommer gibt es immer viel zu tun auf dem Platz, zumal am Wochenende das große Turnier des Präsidenten ist. Ich war hier in der Scheune und habe mich um einen Rasenmäher gekümmert, der am Freitag ausgefallen war."

„Waren Sie alleine, oder hat Sie jemand gesehen?"

„Mensch Buschkamp, machen Sie doch mal halblang. Abends um diese Zeit sind meine Kollegen alle schon bei ihren Familien oder sonst wo. Nur ich alter Blödmann quäl mich dann noch hier rum."

„O. K. Nichts für ungut, Herr Linnemann. Ich muss das alles fragen."

Buschkamp wollte gerade gehen, da wandte sich Linnemann noch einmal an ihn, als wolle er ihm noch eine besonders vertrauliche Information zustecken:

„Haben Sie übrigens schon gehört, dass einer von unseren jungen Golfspielern aus dem Club ausgeschlossen werden soll?"

Obwohl er nicht sonderlich an einer Fortsetzung der Unterhaltung interessiert war, überwog bei Buschkamp doch die Neugier auf ein paar womöglich wichtige neue Informationen zu seinem Fall.

„Nein, habe ich noch nicht gehört. Was ist denn passiert?"

Linnemann wandte sich noch etwas näher an sein Gegenüber:

„Der soll es neulich Abend im *Bunker* von Loch 4 mit seiner *Flightpartnerin* vom Golfclub Drechen getrieben haben."

Buschkamp verstand nicht.

„Das ist doch noch lange kein Grund, jemanden aus dem Club auszuschließen!"

Linnemann stellte mit Genugtuung fest, dass sein Gegenüber in die wie immer kunstvoll aufgestellte Falle getappt war.

„Das ist es auch nicht, aber die haben hinterher nicht geharkt!", prustete es aus ihm heraus.

Das – war – witzig!, fand Buschkamp, kolossal witzig! Noch dazu, wo gestern Morgen hier auf diesem Platz eine Leiche gefunden worden war. Dieser Mann war fraglos ein humoristisches Genie. Den Blick in die Ferne schweifen lassend, zwang er sich ein gequältes Lachen ab und ging ein Stück den Abhang hinunter Richtung des *Abschlags* der Bahn 1. Seine jahrelange Berufserfahrung sagte ihm, dass Verdächtige in der Regel nicht scherzten. Oder war dieser Linnemann einfach nur besonders gerissen?

Kurz bevor er den Abschlag erreichte, sah er zwei Golfdamen, die sich gerade anschickten, ihren ersten Abschlag anzugehen.

‚Es kann sicher nicht schaden, hier mal ein paar Worte zu wechseln, bevor ich mir den nächsten Verdächtigen vornehme', dachte Buschkamp. ‚Schließlich sind gerade ältere Damen bekannt für ihr hohes Maß an Mitteilungsfreudigkeit.'

Gertrud Hölscher, eine dickliche und manchmal etwas miesepetrig dreinschauende Dame um die 60, spielte zusammen mit der gleichaltrigen, aber immer gut gelaunten Margret Lohmann, deren modisches weißes *Golfdress* leider heute den bedauerlichen Eindruck vermittelte, für eine Spielerin mit einer kleineren Konfektionsgröße erdacht worden zu sein. Die *Runden* der beiden Grazien waren vom rein golftechnischen Aspekt fürwahr keine Highlights, die Summe der in dieser Zeit ausgetauschten „Informationen" jedoch in jeder Hinsicht rekordverdächtig. Ohne Punkt und Komma ging es von den Neuigkeiten des Clublebens ins Lokale und von dort ins Globale und wieder zurück. Ein Toter auf dem Golfplatz stellte da natürlich ein willkommenes und unerhörtes Highlight im seit Jahren perfektionierten Konversationsprozess dar.

Die Dame, die offensichtlich heute das Golfdress ihrer Tochter trug, schien Buschkamp, dessen Frauenversteher-Qualitäten als recht übersichtlich galten, für eine erste Kontaktaufnahme am geeignetsten. Versprach womöglich dieser körperbetonte Dress von außen, dass sie auch vor innerem Informationsbedürfnis nur so platzte.

„Gestatten, Buschkamp, Kripo Dortmund. Sie haben doch sicher von dem Todesfall auf dem Platz gehört, oder?"

„Ja, sicher", erwiderte Margret Lohmann. „Was denken Sie denn? Das ist doch hier das Thema überhaupt!"

„Dann haben Sie ja sicher auch eine Idee, wer diesen Feuerbach auf dem Gewissen haben könnte?"

Gertrud und Margot blickten sich zunächst etwas überrascht an, doch Margot gewann sofort die Fassung.

„War es denn wirklich ein Mord, Herr Kommissar? Haben Sie schon jemanden in Verdacht?"

Langsam und leicht genervt ausatmend entgegnete Buschkamp, ohne auch nur im Geringsten an eine etwas charmantere Anlage dieses Gesprächsverlaufes zu denken, wie es wohl angemessen gewesen wäre:

„Ladys! Wir wissen noch nichts Genaues. Außerdem: Ich hatte Sie doch was gefragt, und deshalb hätte ich auch erst mal gerne eine Antwort von Ihnen. Das ist doch wohl nicht zu viel verlangt!"

Mit einem kleinen Anflug von Röte im Gesicht ob des Tons dieses offensichtlich ungehobelten Kerls von einem Kommissar und nach einem rückversichernden Blick zu ihrer Freundin ließ Margots Antwort dann aber doch nicht lange auf sich warten:

„Wir wissen, dass dieser Feuerbach nicht sehr beliebt im Club war, mehr nicht. Und wir haben in dieser Woche auch noch nicht gespielt. Oder weißt du mehr, Gertrud?"

„Nein, Herr Kommissar, mir ist nichts aufgefallen, und gehört habe ich auch nichts", sagte Gertrud patzig. „Wenn man mal davon absieht, dass am Sonntag das große Turnier des Präsidenten ist und sich in dieser Woche viele unserer Clubkameradinnen und -kameraden darauf vorbereiten. Da hinten sehe ich ihn übrigens gerade kommen."

„Wen sehen Sie kommen?", fragte Buschkamp, wie häufig im ersten Moment leicht begriffsstutzig.

„Na unseren Präsidenten, Herrn Löcke."

Klar, mit dem Mann musste er ja auch noch reden. Der Präsident des Golfclubs, ein mittelgroßer stabiler Mann mit leichtem Bauchansatz, schritt, sich der Bedeutung seines wichtigen Amtes sichtlich bewusst, würdevoll auf die kleine Gruppe zu. Sein dunkler, für einen Golfplatz eher unpassender Anzug verlieh dem 67-jährigen grauhaarigen Herrn dennoch eine höchst seriöse Note.

Löcke stellte sich dem Kommissar sogleich formvollendet vor, obwohl er ihm in den letzten Wochen bereits mehrfach begegnet war.

„Gestatten, Löcke, Friedhelm Löcke. Ich bin der Präsident dieses Golfclubs. Meine Sekretärin, Frau Kemper, berichtete mir soeben, dass ich Sie hier unten am Abschlag 1 finde."

„Buschkamp, Bernhard Buschkamp von der Kripo Dortmund – ich …", wollte der Kommissar gerade seine ebenso formvollendete Vorstellung beginnen, als er auch schon wieder unterbrochen wurde.

„Junger Mann, Sie haben doch in meinem Club die *Platzreife* gemacht, oder?" Ohne auf die Antwort dieser offensichtlich nur rhetorisch gemeinten Frage zu warten, fuhr er bereits fort: „… und Sie dürfen voraussetzen, dass ich meine Leute hier kenne." Kleinlaut besann sich Buschkamp auf sein Anliegen und begann erneut seine Frage einzuleiten.

„Ich hatte Sie gestern Vormittag schon versucht zu sprechen."

Löcke blickte sich etwas schuldbewusst um, nahm die beiden immer noch neugierig lauschenden Damen zur Kenntnis, ließ dann aber sofort die präsidiale Würde seines Amtes wiederkehren:

„Herr Buschkamp, Präsident eines Golfclubs ist ein Ehrenamt, und ich habe manchmal auch noch etwas anderes zu tun, als hier meinem ohnehin sehr viel Zeit kostenden Amte nachzugehen."

Nun endgültig aus dem Konzept gebracht, und aus alter Gewohnheit, konnte sich Buschkamp die an dieser Stelle vollkommen unpassende Frage „Wo waren Sie denn am Dienstagabend?" nicht verkneifen. Schließlich kam sie bei solchen Ermittlungen schon fast wie ein Reflex aus ihm herausgesprudelt, wenn man auch das Wort „sprudeln" als eine für einen Westfalen eher unzutreffende Vokabel ansehen konnte.

„Verehrter Herr Kommissar, ich hatte für zwei Tage einen alten Geschäftsfreund in Hamburg besucht und kam erst vor einer Stunde zurück, nachdem mich meine Sekretärin gestern über den Vorfall informiert hatte. Ich hoffe, das reicht, um von der Liste der Hauptverdächtigen gestrichen zu werden."

Buschkamp fühlte sich nicht mehr ganz wohl in seiner Haut und wollte die Wogen, die sich leider in vielen seiner Gespräche unverständlicherweise etwas erhoben, glätten.

„Ihre Frau Kemper war so nett, mir alle Fragen zu beantworten."

Löcke schaute demonstrativ in die weite Runde des Golfplatzes und vermied es dabei geflissentlich, den Kommissar anzusehen.

„Ich hoffe sehr, dass dieser Fall schnell aufgeklärt wird. Wir können eine schlechte Presse überhaupt nicht gebrauchen. Schließlich muss heutzutage jeder Club um seine Mitglieder kämpfen, um einigermaßen sein wirtschaftliches Auskommen zu haben. Und wer will schon auf einem Golfplatz spielen, auf dem man Gefahr läuft, einem Unfall zum Opfer zu fallen?"

„Wenn es denn ein Unfall war", schob Buschkamp kleinlaut und etwas unüberlegt ein.

„Was sagen Sie da!?", brach es etwas zu laut und folglich eher unpräsidial aus dem Präsidenten heraus. „Sie sprechen hier von Mord? Auf meinem Golfplatz? Wie kommen Sie denn darauf? Wer soll das denn gewesen sein? Wen verdächtigen Sie?"

Das waren schon wieder mal viel zu viele Fragen auf einmal. Dass sich die Leute nicht bequemen konnten, eine Frage nach der anderen zu stellen und zwischenzeitlich die Antwort abzuwarten! Dieses Verfahren hatte sich doch in den letzten paar tausend Jahren kultureller Entwicklung als recht praktisch herausgestellt, um eine flüssige Unterhaltung oder gar einen vernünftigen Informationsaustausch zustande zu bringen. In solchen Situationen verließ Buschkamp dann vollends die Lust, auch auf nur einen Aspekt dieses Fragenblocks einzugehen.

„Ja, was ist denn jetzt, Herr Kommissar?", schreckte ihn Löcke aus seinen Gedanken auf, und er entschied sich erst einmal für eine unverfängliche Antwort.

„Wir wissen noch nichts Genaues und gucken erst mal."

Das war offensichtlich nicht so ganz die vom Präsidenten erwartete Antwort auf seine Fragensalve. Er starrte Buschkamp noch eine Weile erwartungsvoll an, um zu sehen, ob da noch etwas kam. Es kam aber nichts mehr.

„Ich möchte ab sofort über alle Ihre Ergebnisse informiert werden. Das ist mein gutes Recht als derjenige, der für diesen Club verantwortlich zeichnet. Haben Sie mich verstanden?"

‚Mein lieber Herr Gesangverein', dachte sich Buschkamp, der Mann war auch nicht gerade von der einfachen Sorte. Was bildete der sich auch ein? Das konnte doch nicht so stehen bleiben. Aber gleichzeitig war der Mann nun mal Präsident seines Golfclubs, an den er sich doch inzwischen recht ordentlich gewöhnt hatte. Spontan kam ihm eine für seine Verhältnisse geniale Idee.

„Ja, ja, mach ich, Herr Präsident. Sobald sich was tut …, keine Sorge …, Sie sind der Erste, versprochen!"

Löcke, nun sichtlich zufriedener und noch dazu wohlwollend zur Kenntnis nehmend, dass die beiden immer noch wie angewurzelt dastehenden Damen den Auftritt ihres geschätzten Präsidenten bewundernd beobachtet hatten, entschloss sich generös, es dabei bewenden zu lassen.

„Falls Sie noch Fragen haben, finden Sie mich in meinem Büro im Clubhaus. Hier ist auch meine Karte, falls Sie mich wieder mal erreichen wollen und ich nicht gerade auf dem Platz weile."

Froh, dass sich der Präsident unter Erbietung eines aufgesetzt freundlichen Grußes an die beiden Damen nun wieder Richtung Clubhaus trollte, entschied sich Buschkamp, natürlich in gebotenem Abstand, ebenfalls dorthin zu gehen und einen wohlverdienten Kaffee zu trinken.

Theo Kreggenfeld hatte inzwischen das „Ermittlungsbüro" netterweise mit einer großen Thermoskanne Kaffee versorgt, aus der sich Stankiewicz bereits bedient hatte.

„Gut, dass Sie kommen! Soeben habe ich per Telefon einen ersten, unverbindlichen Bericht des Gerichtsmediziners bekommen. Ich habe mir hier ein paar Stichpunkte notiert. Wollen Sie die lesen?"

„Lies lieber vor", war Buschkamps kurze Antwort.

„Also, hier steht: Das Schläfenbein ist eingedrückt von einem halbrunden Gegenstand, eindeutig ein Golfball. Der Tod trat innerhalb kürzester Zeit durch eine hiervon verursachte Gehirnblutung auf. Und hier steht: Vergleichbare Fälle sind nach den bisherigen Informationen in der Gerichtsmedizin nur äußerst selten bekannt geworden. Im Internet habe ich übrigens auch nur einige wenige Fälle weltweit gefunden."

„Verstehe ich nicht. Warum stehen dann überall auf den Golfplätzen diese Schilder von wegen der Gefahr fliegender Golfbälle?"

„Mir scheint das wohl eher ein gewisses Verletzungsrisiko zu sein als eine seriöse Gelegenheit, sich dabei den Tod zu holen, Chef." Dieser Knabe konnte sogar witzig sein, wenn er denn wollte. Es sah bald danach aus, als könnten sie beide in den nächsten Jahren ein ganz ordentliches Team werden.

„O. K., das macht die Theorie des Unfalls dann wohl eher unwahrscheinlich", sagte Buschkamp nur.

„Das ist noch nicht alles: Ich habe gestern Abend mal im Internet recherchiert. Chef, es gibt Apparate auf der Welt, das glauben Sie gar nicht", begann Stankiewicz für Buschkamps Gefühl schon etwas zu langatmig.

„Mensch Junge, lass den ganzen Quatsch mal weg und komme auf den Punkt. Was – hast – du – konkret – gefunden?"

Stankiewicz kannte diese Wort-für-Wort-Aussprache zur Genüge und wusste, dass es nun galt, sich besser wirklich kurz zu fassen, wenn er die Stimmungslage seines Chefs nicht gefährden wollte.

„Also, ich habe hier auf einer amerikanischen Internetseite einen sogenannten Golf-Ball-Launcher gefunden. Das Teil sieht aus wie ein etwas überdimensionales Gewehr mit einem Riesenrohr als Lauf, es ist aber eine Art Druckkanone für Golfbälle. Es wird unter dem Namen ‚Air Force Golf' angeboten – also, Herr Buschkamp, das ist jetzt kein Spaß –, um Leuten, die aufgrund einer *körperlichen Behinderung* nicht mehr den Schläger schwingen können, trotzdem das Golfspiel zu ermöglichen. Und, Sie werden es nicht glauben – für ganze 795 Dollar!"

Von Natur aus war Buschkamp nun mal nicht so leicht aus der Fassung zu bringen, aber so etwas wunderte ihn doch schon sehr. So schwierig war das doch nun auch wieder nicht mit dem Golfschwung. Man musste diesen dummen Ball doch nicht gleich mit einer Kanone abfeuern.

„Steht da auch etwas über technische Daten, Durchschlagskraft usw.?"

„Nicht direkt, aber ich habe über ein paar verlinkte Seiten herausbekommen, dass dieses Gerät mit einem Druck von bis zu zwölf Bar und mehr arbeiten kann. Woanders habe ich sogar gelesen, dass solche Apparate schon bis zu einem Druck von 250 Bar gebaut worden sind. Stellen Sie sich das mal vor! Sogar Einzelkomponenten für den Selbstbau solcher Dinger kann man im Internet kaufen. Das sind echte Mordwaffen. Hier steht auch was über die Leistung dieses Gerätes: Es können mit dem Basisgerät Weiten von 275 Metern problemlos erreicht werden. Mein liebes bisschen, Chef, da möchte ich aber nicht vor dem Lauf stehen."

„Stankiewicz, informieren Sie sofort unsere Ballistiker über diese Erkenntnisse."

„Hab ich gestern Abend schon gemacht", sagte der flugs, um sofort fortzufahren: „Der Untersuchungsbeamte war nämlich noch im Institut, da er an dem Bericht arbeitete, den Sie ja so schnell wie möglich haben wollten."

„Mensch Stankiewicz, nun lassen Sie sich doch nicht jedes Wort einzeln aus der Nase ziehen. Was wird denn in dem Bericht stehen?"

„Also: Der Golfball ist ein höchst übliches Modell, noch dazu von zahlreichen Gebrauchsspuren übersät. Eine handgefertigte Markierung, wie sie unter Golfspielern zur Kennzeichnung des eigenen Balles üblich ist, hätte wenigstens schon einmal einen ersten Ansatzpunkt geliefert. Doch leider Fehlanzeige. Einzig verwunderlich war der Umstand, dass der Ball in Umfangsrichtung leichte, gleichgerichtete Schleifspuren aufwies, wie sie für einen Golfball eher unüblich sind."

„Aber durchaus normal für eine Gewehrkugel", unterbrach ihn der Kommissar. Mit seiner ursprünglichen Vermutung hatte er ins Schwarze getroffen. Das war also mit ziemlicher Sicherheit gar kein verunglückter Golfschlag, sondern ein Golfschuss. Irgendein krankes Hirn mit nicht unbeträchtlichem technischem Sachverstand hatte es fertiggebracht, mit einem Golfball zu schießen, und zwar nicht irgendwie, sondern höchst präzise. Sicher keine leichte Aufgabe, dachte Buschkamp. Aber wo ein technisches Problem war, gab es meist auch eine technische Lösung. Wenn dem also so war, dann ging es hier nun nicht mehr um einen bedauerlichen Unglücksfall, sondern definitiv um Mord, kaltblütigen Mord. Das konnte ja heiter werden.

Dieser Dittmann würde Morgenluft für seine Karriere schnuppern, wenn er davon erführe. Ein heimtückischer Mordfall an einem Richter des Oberlandesgerichtes, und das in Hamm, seinem Bezirk. Man würde gar nicht so schnell gucken können, wie der jetzt eine Pressekonferenz einberufen und damit alle Pferde scheu machen würde. Noch dazu stand zu befürchten, dass er sich selber in den Fall einschaltete, und das konnte Buschkamp nun wirklich überhaupt nicht gebrauchen. Gleichzeitig würde im Golfclub die Hölle los sein. Ein Mord auf dem Gelände wäre noch eine ganz andere Nummer als ein, wenn auch zweifellos tragischer, Unglücksfall.

„Stankiewicz, wann kommen denn nun die endgültigen Berichte von der Ballistik und von der Gerichtsmedizin?"

„Ja, jetzt kommt das Problem, Chef. Im Dortmunder Norden hat es gestern eine wilde Schießerei im Drogenmilieu gegeben, mit drei Toten. Dittmann hat angeordnet, dass diese Geschichte vorgeht. Wir werden den Bericht also nicht vor morgen Abend haben."

„Ist das denn überhaupt ein Problem, Stankiewicz?", fragte Buschkamp langsam und sehr nachdenklich. Auch sein Gegenüber verstand schneller, als er gedacht hatte.

Nicht jede Erkenntnis schrie doch danach, auch sofort geteilt zu werden! Der Westfale an sich galt schließlich in der Regel als eher schweigsamer Landsmann. Sollte doch dieser Dittmann diesmal den Eindruck seiner Langsamkeit bestätigt bekommen.

„Stankiewicz, können Sie mal was für sich behalten?"

„Klar, Chef, würde ich auch so machen", entwich es dem etwas zu spontan, worauf sich Buschkamp, seiner Verantwortung als Vorgesetzter schmerzlich bewusst, noch zu einem kurzen warnenden Exkurs über negative Karriereeinflüsse solchen Tuns genötigt sah, die sein Kollege aber wohl offensichtlich gern in Kauf nahm. Keine Frage, aus dem Jungen würde mal ein anständiger Kommissar werden.

„Haben Sie schon was beim Oberlandesgericht herausgefunden?"

„Das ist, wie gesagt, nicht so einfach, so viele Fälle zu untersuchen. Morgen früh bekommen Sie eine Liste aller Golfclubmitglieder, die jemals was mit dem OLG und diesem Feuerbach zu tun hatten. Was wir aber schon mal wissen, ist, dass der einen Installateurmeister in den Konkurs getrieben hat, weil er eine strittige Rechnung eines Kunden wegen eines dummen Formfehlers vor Gericht nicht anerkannte. Ich habe Sie für morgen früh bei dem Mann zum Hausbesuch angesagt. Und übrigens: Heute Nachmittag habe ich den Rechtsanwalt Clemens Oexter mit diesem Dr. Martin Rühberg zur Vernehmung hierher eingeladen. Beide waren ja am Dienstagabend zur Tatzeit auch auf dem Platz."

„Super, Stankiewicz!"

‚Verdammt, jetzt ist es raus', dachte Stankiewicz. Ein Kompliment von seinem Chef, das erste seit neun Monaten Zusammenarbeit. Nur zwei Worte, und dennoch freute er sich, als wenn er soeben zum Ritter der westfälischen Ehrenlegion geschlagen worden wäre, denn insgeheim schätzte er seinen meist etwas grantigen, aber tief in seinem Herzen doch liebenswürdigen Chef doch sehr.

Buschkamps Magen hatte schon seit einiger Zeit zu knurren begonnen, und sein junger Kollege war längst wieder zum Oberlandesgericht unterwegs. Etwas verstohlen blickte der Kommissar in den Hauptraum des Clubrestaurants, der heute Mittag nur mäßig besucht war. In einer Ecke saß Marlies Kemper.

„Würde es Ihnen etwas ausmachen …", begann Buschkamp etwas umständlich, nachdem er an ihren Tisch getreten war.

„Ach was, Herr Kommissar. Setzen Sie sich. Theo hat heute Mittag eine hervorragende Linsensuppe gemacht. Wollen Sie auch eine?"

„Sicher, Frau Kemper, gerne." Die Sekretärin blickte den etwas verlegen wirkenden Mann einen kurzen Moment von links und rechts an, wobei ihr Pferdeschwanz wieder einmal keck hin und her schwang.

„Wissen Sie, Herr Buschkamp, es ist nicht unbedingt üblich, dass man sich auf einem Golfplatz … also, ich heiße Marlies."

Buschkamp konnte eine leichte Röte im Gesicht nicht unterdrücken und blickte vollkommen verlegen, aber glücklich zu Theo Kreggenfeld, sichtlich um eine passende Antwort bemüht.

„Kann ich auch ein Würstchen dazu haben?" Frau Kemper musste lachen.

Nachdem sich Buschkamp in seinem provisorischen Büro ein paar Notizen über die Erkenntnisse dieses Morgens gemacht hatte, meldete Theo Kreggenfeld, dass die beiden Herren Oexter und Dr. Rühberg schon seit einer Weile im Restaurant warteten. Beiden stand die Begeisterung förmlich ins Gesicht geschrieben, hier mitten am Nachmittag auf ihren Golfplatz zitiert zu werden, ein Umstand, für den Buschkamp wenig Verständnis aufbrachte. Ersatzweise hätte er die beiden ja auch locker nach Dortmund ins Morddezernat bestellen können.

Von Dr. Martin Rühberg, einem zu jeder Gelegenheit perfekt gekleideten Herrn, hatte ihm Marlies schon erzählt, er war der Regelpapst des Clubs schlechthin, der es leider auch, voller diesbezüglichem Selbstbewusstsein, nicht verhindern konnte, alle Leute an seinem Wissen teilhaben zu lassen, und sich daher keiner besonders ausgeprägten Beliebtheit bei seinen Mitspielern erfreute.

Natürlich kannte die Clubsekretärin auch diesen Clemens Oexter, einen Hammer Rechtsanwalt, dessen ungewöhnliche Unsicherheit, ja fast Verklemmtheit bei seinem jeweiligen Gegenüber meist schnell ein gewisses Frösteln hervorrief. Mit den Worten: „Man erkennt diesen an sich eher unauffälligen Herren daran, dass sein markanter Seitenscheitel immer hundertprozentig gerade sitzt", hatte Marlies versucht, ihn vorsichtig zu beschreiben.

‚Das war wohl etwas untertrieben', dachte Buschkamp still in sich hinein schmunzelnd, als er sich diesen Rechtsanwalt, noch aus sicherer Entfernung, genauer ansah. Der Scheitel sah ja schon fast aus wie mit einer Axt gezogen!

Buschkamp beobachtete einen Moment, wie die beiden Herren bei einem Kaffee an ihrem Tisch saßen, wortlos, aber in ihrem Schicksal traut vereint. So quasi zur Auflockerung der Situation und in Kenntnis der breiten Motivpalette in diesem Club, könnte er das Gespräch ja in diesem Fall mal mit einem kleinen Witz eröffnen. Zielstrebig trat er an den Tisch, und noch bevor er sich setzte und wohl auch etwas zu laut, sodass es auch die anderen Anwesenden im Clubrestaurant hören konnten, fragte er die beiden:

„Na, meine Herren, welches Motiv hatten Sie denn, den Herrn Feuerbach umzubringen? Hier hatte ja offenbar jeder einen guten Grund, diesen armen Richter ins Jenseits zu befördern."

Eisiges Schweigen machte sich breit, eisig in einem Sinne von wirklicher, absoluter Stille. Selbst Theo Kreggenfeld hinter dem Tresen stoppte augenblicklich mit dem Gläserspülen, jede Unterhaltung erstarb. Nur die Kühltheke traute sich noch, ein leises Surren in den Raum zu verströmen. Es dauerte eine unendlich lange Weile, bis Dr. Martin Rühberg vollkommen konsterniert das Wort ergriff:

„O. K. Herr Kommissar, dieser Feuerbach hat mich mal vor ein paar Jahren bezichtigt, ich hätte im *Rough* einen Golfball aus der Hose fallen lassen, weil ich meinen eigenen nicht mehr gefunden habe. Stellen Sie sich das mal vor. Mir unterstellt der das! Ich glaube, ich bin der Einzige im Club, der wirklich jede Regel kennt, und dann wollte dieser eingebildete Richter meinen Ruf in meinem Heimatclub ruinieren! Sie haben sicher schon gehört, dass ich ihm damals gedroht habe, oder?"

„Nö, habe ich nicht!", entgegnete der Kommissar knapp wie immer. „Aber ist trotzdem ganz interessant. Erzählen Sie mal ruhig weiter!"

„Glauben Sie mir, das war im Affekt. Ich bringe doch keinen um." Langsam beruhigte sich dieser Rühberg wieder, während Buschkamp stiller Verzweiflung anheimfiel. Noch einer! Wo war er hier hineingeraten? Frustriert, und um seinem misslungenen Witz doch noch eine zweite Chance zu geben, wandte er sich an Clemens Oexter.

„Und Sie, weshalb wollten Sie ihn umbringen?", fragte er schon fast etwas gelangweilt.

„Das Schwein hat mich vor einem Jahr bei der Anwaltskammer angezeigt, was mich beinahe meine Zulassung gekostet hätte, und das mit dem unglaublichen Argument, ich hätte in einem Prozess einen Zeugen der Anklage beeinflusst."

Einen Moment lehnte sich der Kommissar zurück. Geschah diesem Rechtsverdreher doch wahrscheinlich ganz recht, dass er auch mal von der anderen Seite ausgetrickst wurde. Im selben Moment verwarf er aber den etwas peinlichen Gedanken auch schon wieder.

„Theo, mach mir auch mal einen Kaffee!"

Die weitere Unterhaltung verlief im üblichen Polizeimuster. Rühberg gab an, zur Tatzeit nur die ersten beiden Löcher bespielt zu haben, da er vorher noch eine Weile auf der *Driving Range* trainiert habe und es ihm dann zu dunkel geworden sei. Clemens Oexters Aussage brachte Buschkamp eher in Verlegenheit. Da er an diesem Abend auf einer kompletten Runde unterwegs war, allein, und zu allem Überfluss zur Tatzeit irgendwo zwischen Loch 14 und 18, kam er als Täter schon eher in Frage. Stankiewicz musste das morgen sofort überprüfen, bevor er jetzt hier voreilige Schlüsse zog, noch dazu rein auf Aussagen von Verdächtigen basierend, einem weiten Feld für jegliche Form von Lug und Trug, wie er aus Erfahrung wusste.

Buschkamps Verzweiflung wuchs. Wo auch immer er versuchte, in diesem Golfclub etwas Licht in das Dunkel der Motivlage seiner „Bewohner" zu bringen, traten immer neue Verdächtige auf. Wie sollte er denn nur einen Fall lösen, bei dem das Opfer offensichtlich der größte Unsympath der nördlichen Hemisphäre war? Wie sollte er in Zukunft in diesem Club potenzieller Mörder sein friedliches und rein sportlich motiviertes Golfspielerdasein fristen?

Er setzte sich an einen Tisch der Veranda des Golfclubs und genoss wieder für einen kurzen Moment den herrlichen weiten Ausblick Richtung Soester Börde und Haarstrang. Wenige weiße Wolken verzierten den Himmel, und ganz in der Ferne drehten sich beschaulich die vielen Windräder, unter anderem, um Strom für Theos neue Kaffeemaschine zu produzieren.

Plötzlich kündigten die Glocken der Pauluskirche einen Anruf auf seinem Handy an, auf das Stankiewicz nun wegen Abwesenheit nicht mehr aufpassen konnte. Die alte Ziege von Walterscheid, die auch ihm in herzlicher Abneigung zugetan war, meldete sich knapp. Der Neuigkeitswert ihres Anrufes begrenzte sich darauf, dass er, Buschkamp, seinen Chef Dittmann anrufen solle. Der erwarte unverzüglich Bericht in der Angelegenheit „Stahlberg".

Buschkamp überlegte einen Moment, ob diese Aktion vermeidbar war, kam jedoch zu einem negativen Ergebnis.

„War es nun Unfall oder Mord?", tönte es unvermittelt und grußlos aus dem Hörer, nachdem er dessen Büronummer angewählt hatte. Offensichtlich hatte Stankiewicz, diensteifrig, wie er war, schon einen ersten Bericht eingereicht – aber wohl im richtigen, sprich seinem Sinne.

„Ich weiß es noch nicht, Herr Dittmann, aber seien Sie sicher, Sie erfahren es als Erster", versuchte er das Gespräch kurz zu halten.

„Buschkamp, ich brauche Ihnen wohl nicht noch einmal zu sagen, welche Brisanz dieser Fall hat. Schließlich fällt nicht alle Tage ein Richter auf einem Golfplatz einem Unfall oder gar einem Mord zum Opfer."

‚Durch Wiederholungen werden solche Argumente auch nicht besser', dachte sich Buschkamp, um dann aber zu antworten:

„Sicher, Herr Dittmann, werde mich bemühen."

„Kommen Sie heute noch ins Büro?"

„Nein, ich denke, ich werde erst hier weitere Ermittlungen führen und dann morgen ins Büro kommen", log er.

„Melden Sie sich dann sofort bei mir."

„Sicher, Herr Dittmann", log er weiter und drückte dann, sich etwas verschämt umblickend, auf die „End"-Taste seines Telefons, seine Lieblingstaste.

Buschkamp sah sich noch einmal die Liste an, die Frau Kemper ihm erstellt hatte. Diesen Installateurmeister würde er morgen sehen, Rühberg und Oexter hatte er gerade kennengelernt. Dann waren da noch die Angestellten des Clubs. Irgendwie hatte er das Gefühl, hier noch etwas verpasst zu haben.

Er blickte eine Weile auf das Geschehen auf dem Grün des Loches 18 und wohnte einem spektakulären Fünf-Meter-*Putt* einer blonden jungen Dame direkt ins Loch bei. Ob ihm das auch jemals gelingen würde? Dabei fiel ihm im Hintergrund dieses Motivs auf, wie dieser Schulte-Nellen und sein Kollege Stratkötter gerade dabei waren, ihren *E-Caddie* zu beladen.

„Zwei ehemalige Richter des Oberlandesgerichtes finden einen toten dritten." Das schrie doch nach ungewöhnlich intensiver Investigation. Ohne lange zu überlegen, sprintete er zu seinem Wagen und holte seinen komplett bestückten *Bag*, den er vor vier Wochen günstig als Gebrauchtsatz in Jasons dem Club angegliederten Pro-Shop gekauft hatte, aus dem Kofferraum. Dann trat er in seine ebenfalls bei dieser Gelegenheit gekauften Golfschuhe, die mit ihrer Gamaschenform in noblem Schwarzweiß so gar nicht zu seinem üblichen ländlichen Outfit passen wollten, das er auch heute trug. Aber schließlich waren auch diese Schuhe ein sehr interessantes Sonderangebot gewesen.

So stand er einen Moment später in seinem karierten Hemd – das Jackett hatte er glücklicherweise im Wagen deponiert – und der Manchesterhose, mit dem Golfbag über der Schulter und immer noch offenen Schnürbändern vor Schulte-Nellen und Stratkötter und fragte:

„Nehmen Sie mich vielleicht heute mit auf Ihre Runde? Ich habe sowieso bald Feierabend, und es macht mir auch überhaupt nichts aus, neben Ihrem E-Caddie herzulaufen, schließlich möchte ich ja Sport treiben." Kaum gesagt, wurde ihm diese etwas despektierliche Bemerkung auch schon peinlich.

Vollkommen sprachlos und damit jeder Form von Ablehnung unfähig, willigten die beiden alten Herren wortlos ein.

Die Feinheiten dieses Sports hatten sich Buschkamp nur sehr langsam erschlossen. Als besagter westfälischer Grobmotoriker dauerte es eben eine Weile, bis die Muskeln derart ungewohnte Bewegungen erlaubten. Sein Spiel wurde dennoch immer besser, und insgeheim hatte er sogar schon einmal mit dem Gedanken gespielt, sich für das Turnier am Sonntag anzumelden. Schließlich konnte es nicht schaden, wenn man der hier anwesenden Hautevolee mal den Beweis antreten konnte, dass ein Mann aus dem Volk, der von der Natur nicht eben mit Eleganz und Grazie ausgestattet worden war, diesen Sport in kürzester Zeit erlernen konnte.

Schulte-Nellen und Stratkötter hatten sich trotz des tragischen Tods ihres Kollegen jedenfalls nicht davon abbringen lassen, weiter ihrem Plan der Turnierteilnahme am Sonntag anzuhängen, und nutzten die Freiheit des Pensionärsdaseins dazu, in dieser Woche ein zweites Mal Golf zu spielen, zumal ihre erste Runde von gewissen Hässlichkeiten überschattet worden war. Schulte-Nellen, wie immer mit großem Ehrgeiz, aber etwas weniger Talent bei der Sache, setzte an diesem Nachmittag alles auf eine Karte. Er versuchte dort weite Schläge mit dem *Driver*, wo ihm sonst ein *Eisen* 5 gereicht hätte. Selbst Schläge aus dem Bunker, die ihm sonst meist gelangen, wollten nicht recht klappen. Folgerichtig entwickelte sich der *Score* seiner Runde zunehmend ins Bodenlose, sodass Karl-Heinz Stratkötter, dessen Spiel im Verlauf der Runde eher ruhiger und damit besser wurde, seinem Flightpartner freundschaftlich vorschlug, seine Ambition doch etwas zu zügeln, was Schulte-Nellen keineswegs goutierte.

Stratkötter, der sich als Schriftführer auf dieser Runde angeboten hatte, errechnete die Punkte auf der *Scorekarte* wegen des sehr unterschiedlichen *Handicaps* dieses *Flights.* Mit

Handicaps von 22 und von 23,5 lagen Schulte-Nellen und Stratkötter beide im Geltungsbereich ordentlicher Golfspieler.

Buschkamp, mit einem Handicap von stolzen 54 aus der Platzreife kommend, spielte im Verlauf der Runde immer besser, und es war, wie Stratkötter nicht ohne ein gewisses Staunen ermittelte, bald zu erkennen, dass der Kommissar diese Runde womöglich gewinnen würde. Dieser Umstand brachte Schulte-Nellen, der während der gesamten Runde noch kein Wort mit dem Kommissar gesprochen hatte, noch mehr in Rage, als es sein geradezu bedauerliches Spiel ohnehin schon tat. Gnädigerweise verzichtete Buschkamp denn auch vollständig auf jede Erwähnung des Mordes oder gar eine Art von Verhör. Schließlich wollte er seinen ersten Sieg während einer offenen Runde nicht durch irgendeine unfaire Beeinflussung des Gegners nach Hause tragen.

Am vorletzten Loch und etwa vier Stunden später nahm sich Schulte-Nellen vor, nun alles ganz anders zu machen, so sah es zumindest für Stratkötter und den Kommissar aus. Voll konzentriert ging er zum Abschlag des 17. Loches, fixierte seinen Ball vielleicht nur etwas länger als gewöhnlich und erstarrte urplötzlich. Der Driver rutschte ihm aus den Händen und ohne auch nur einen Laut von sich zu geben, beide Arme noch vor Schreck hebend, schlug er rücklings auf den Rasen. Stratkötter brüllte geistesgegenwärtig mit panischem Gesichtsausdruck:

„Der Golfplatzmörder! Deckung!“, wobei er das letzte Wort gewaltig in die Länge zog und sich im selben Moment mit über den Kopf verschränkten Armen flach auf den Rasen warf. Erschrocken tat Buschkamp es ihm gleich, was ihm aber, kaum dass er die Grashalme in seinem Gesicht spürte, sofort etwas peinlich wurde.

Der Kommissar blickte sich vorsichtig und immer noch am Boden liegend um, konnte aber nirgendwo etwas Verdächtiges erkennen. Eine bange Minute verging ohne erkennbaren Gewinn an Erkenntnis. Nach einer Weile wurde es Buschkamp trotz seiner auch im Liegen weichen Knie zu dumm, und er kroch langsam, wie er es in der Polizeischule gelernt hatte, auf den Armen robbend Richtung Schulte-Nellen, der mit offenen leeren Augen in den Himmel blickend auf dem Rücken lag.

„Der hat aber gar keine Wunde am Kopf!“, rief er Stratkötter zu. „Auch sonst kann ich keine Verletzungen erkennen!“

Der herbeigerufene Notarzt aus Soest, zufälligerweise der gleiche Typ wie am Mittwochmorgen, der sich mit den örtlichen Gegebenheiten nun bereits auskannte, kam schnell zu einem eindeutigen Ergebnis, diesmal unter deutlich verstärkten Zuckungen seines linken Auges vorgetragen:

„Mit hoher Wahrscheinlichkeit Herzinfarkt, ein Vorderwandinfarkt, wenn Sie es genau wissen wollen. So etwas geschieht ganz plötzlich. Er hatte keine Chance!“

‚Nicht die schlechteste Art zu sterben‘, dachte sich der Kommissar. ‚Quasi bei der Ausübung der sportlichen Leidenschaft die Reise ins Jenseits anzutreten.‘ Bei seinem nächsten Gedanken wusste Buschkamp dann endgültig, dass er langsam, aber sicher dem Bazillus des Golfens verfiel. ‚Hätte ich nicht beinahe diese Runde ge…?‘

Damit war auch klar, dass dieser bedauernswerte Herr Schulte-Nellen seinen geliebten Golfplatz ebenfalls im Zinksarg und mit einem Leichenwagen verlassen würde. Der zweite Todesfall in einer Woche.

Buschkamp entschied trotzdem, eine Obduktion vornehmen zu lassen. Schließlich konnte man bei den spektakulären Vorgängen auf diesem Golfplatz nie wissen.

Stratkötter saß immer noch unbewegt neben dem Abschlag auf dem Rasen, fast als wenn er auf eine Anweisung warten würde, was er als Nächstes zu tun habe. Der Tod seines Freundes hatte ihm wohl mächtig zugesetzt. Buschkamp überlegte eine Weile, ob er ein paar Worte des Trostes an ihn richten sollte, verwarf diesen Gedanken dann aber recht schnell, da er wusste, dass die Palette seiner verbalen Äußerungsformen manchmal das nötige Feingefühl vermissen ließ und dass er oft gar das Gegenteil von dem bewirkte, was er ursprünglich beabsichtigte. So war er denn froh, dass der Notarzt diesen unangenehmen Job in Ermangelung anderer Aufgaben übernahm.

Zurück im Clubhaus, setzte sich Buschkamp erschöpft an die Theke, bestellte sich bei Theo ein Bier, um dann sofort von den umstehenden Personen einschließlich des Präsidenten und Marlies' mit Fragen gelöchert zu werden, die er auch alle bereitwillig beantwortete, um keine falschen Vermutungen zu diesem höchst bedauerlichen Todesfall aufkommen zu lassen.

Nach einer Weile hatten sich die Reihen an der Theke etwas gelichtet. Buschkamp sah, nach der Fragerunde vollkommen in Gedanken versunken, wie Theo seine Kaffeemaschine reinigte. Mehr, um auch diese Spur zu verfolgen, denn aus wirklichem Verdacht, richtete er leise das Wort an ihn, nachdem er ihn zu sich gewinkt hatte.

„Theo, hast du was mit dem Mord zu tun?“

„Bernhard, wo denkst du hin? Nachdem der meine Küche beleidigt hatte, hätte ich den Kerl außerdem wohl eher vergiftet. Ich kann doch gar nicht Golf spielen.“

Buschkamp leerte den letzten Schluck aus seinem Bierglas. Sein Gefühl sagte ihm, dass dies ausreichte, um diesen Verdächtigen erst einmal von der Liste zu streichen. Wenigstens schon mal einen.

Es war bereits gegen 19:00 Uhr, als der Kommissar in etwas deprimierter Stimmung beschloss, diesen Golfplatz zu verlassen, auf dem die Golfspieler starben wie die Fliegen. Doch gleichzeitig ließen die Vorkommnisse des heutigen Nachmittags in ihm die ersten Umrisse eines Plans wachsen, wie er den Mörder des Richters zweifelsfrei überführen könnte – selbst bei mehreren Verdächtigen.

Auf der Heimfahrt drang ein neues und sehr beunruhigendes metallisches Geräusch aus dem Motorraum an sein Ohr, das so gar nicht zu den Geräuschen, die der Auspuffkrümmer in den letzten Tagen verursacht hatte, passen wollte. Das Allgemeinbefinden seines geliebten Fahrzeugs begann ihm verstärkt Sorgen zu bereiten. Unter Vermeidung berufsbedingter verkehrssicherheitstechnischer Korrektheit griff er zu seinem auf dem Beifahrersitz liegenden Handy und wählte die Nummer von Mercedes-Kurt, wie dieser von seinen Stammkunden genannt wurde, einem Kfz-Schrauber, der ihm nach eingehender telefonischer Erstdiagnose und funktechnisch übertragenem Geräuschbild des Motors auch gleich einen seiner Meinung nach äußerst dringenden, wenn nicht sogar lebensnotwendigen Termin für den kommenden Montag gab.

# 4. KAPITEL

# Bogey

*(Freitag)*

„Der Golfschwung zeichnet sich dadurch aus, dass man versucht, aus den schlimmsten Verrenkungen des Körpers eine graziöse Bewegung zu machen."

*(Tommy Armour)*

Golf ist ein herrlicher Sport, wenn auch angesiedelt zwischen Wahn und Wirklichkeit. Er schleicht sich gleich einem unausweichlichen und hoch ansteckenden Virus auf leisen Sohlen in das Gehirn seiner bemitleidenswerten Opfer und lässt sie in der Regel niemals wieder los. Als ernsthafte Gründe für die Aufgabe dieses Sports wurden denn auch bisher nur der Verlust der für ihn entscheidenden Gliedmaßen wie Finger, Arme und Beine, oder verständlicherweise der Tod an sich, zur Rechtfertigung herangezogen.

Der Installateurbetrieb dieses Lodenkempers lag in Berge, nur etwa zehn Minuten von Buschkamps Zuhause entfernt, einem kleinen, eher gut situierten südlichen Stadtteil von Hamm. Heute war es nun definitiv zu warm. 30 tropische Grade würden nach Auskunft der trotz dieser schlechten Nachricht immer noch nett daherplaudernden Dame aus dem Radio drin sein. Klar, dass sein Auto keine Klimaanlage hatte. Bei 62 PS Grundmotorisierung hätte deren Anschalten auch leicht zum Verlust jeglichen Beschleunigungsvermögens dieses schweren Gefährtes führen können.

Als der Kommissar mit seinem eine immer stattlichere Geräuschkulisse abgebenden Fahrzeug auf das hinter einem bescheidenen Wohnhaus liegende, umzäunte Firmengelände einbog, sah er, wie jemand gerade dabei war, einen weißen VW-Bulli zu beladen. Die Größe des Betriebes ließ darauf schließen, dass hier der Chef durchaus noch selbst anpacken musste. Dieser Umstand erschien Buschkamp zunächst einmal außerordentlich sympathisch.

„Was ist denn mit Ihrem Auto los?“, fragte denn auch sogleich der Mann Ende 30, der, abgesehen von dem blauen Overall, mit seinem gepflegten Dreitagebart und den nach hinten gegelten schwarzen Haaren so gar nicht wie ein typischer Handwerker aussah.

„Ach, das ist nur das Alter. Montag geht er in die Werkstatt“, entgegnete Buschkamp knapp, während er langsam seinem Gefährt entstieg.

„Was kann ich für Sie tun? Hat Ihre Heizung zu Hause auch ein Problem?“

„Mein Name ist Buschkamp, Kripo Dortmund, Mordkommission, und wer sind Sie?“

„Lodenkemper, Günther Lodenkemper. Mir gehört dieser Laden hier. Sie kommen sicher wegen dieser Geschichte auf dem Golfplatz, oder? Ein Kollege von Ihnen hat Sie schon angekündigt.“

„Ja, sicher, meine Heizung ist nämlich noch in Ordnung. Außerdem ist ja verdammter Sommer“, sagte Buschkamp und wischte sich dabei mit einem Taschentuch den ersten Schweiß des Tages von der Stirn. Dabei blickte er interessiert durch die geöffnete Seitentür in den mit allerlei Werkzeugen, Gasflaschen und Armaturen gut gefüllten Bulli.

„Mich würde interessieren, wo Sie am Dienstagabend so gegen 22:00 Uhr gewesen sind.“

„Wieso? Bin ich denn verdächtig?“

„Na ja“, antwortete Buschkamp und blickte sich dabei im Hof des Betriebes um.

„Nicht mehr und nicht weniger als ungefähr die Hälfte der Mitglieder des Golfclubs. Trotzdem: Wir haben ermittelt, dass Sie vor etwa einem Jahr einen Prozess um eine hohe ausstehende Rechnung wegen eines dummen Formfehlers verloren haben. Diesem Prozess saß das Opfer als Richter vor. Sie haben doch damals eine Menge Geld verloren und mussten sogar Konkurs anmelden, wie wir festgestellt haben.“ Stolz auf die Länge und den dichten Informationsgehalt seines Satzes, wartete der Kommissar nun gespannt und etwas aus der Puste auf die Antwort seines Gegenübers.

Der Installateurmeister zog mit einem sehr energischen Ruck die Schiebetür seines Bullis zu.

„Ach wissen Sie, Herr Kommissar, so ein Konkurs, den kann man als Handwerksbetrieb auch schon mal ganz gut gebrauchen. Jetzt läuft der Laden auf den Namen meiner Frau, und ich arbeite fröhlich weiter wie vorher auch. Also, was soll's?"

„Schön, dass Sie das so locker nehmen können. Viel mehr als Hartz IV wird Ihnen aber wohl nicht bleiben nach so einem Konkurs."

Lodenkemper überlegte eine Weile, ob er dieser Amtsperson gegenüber irgendwelche Einlassungen machen sollte, und entschied sich dann für ein sibyllinisches:

„Das ist doch alles eine Frage der Gestaltung, lieber Herr Kommissar. Sie leben doch auch nicht hinterm Mond, oder?"

Buschkamp verstand, erinnerte aber dann sein Gegenüber durch schlichte Wiederholung an die Beantwortung seiner ursprünglichen Frage.

„Wo waren Sie am Dienstagabend so gegen 22:00 Uhr?

Lodenkemper überlegte einen kurzen Moment.

„Ich glaube, ich war bis so circa 21:00 Uhr auf dem Golfplatz und habe dort neun Löcher gespielt."

„Allein?"

„Ja sicher. Ich habe für das Turnier des Präsidenten trainiert. Da kann ich keine Mitspieler gebrauchen."

„Und dann?"

„Dann bin ich nach Hause gefahren. So verrückt wie manche andere Sportskollegen bin ich nicht, dass ich auch noch in der Dämmerung spiele."

In dieser Aussage lag unverkennbar eine gewisse Sinnhaftigkeit, die eine baldige Beendigung dieses Gespräches nahelegte.

Nachdem er sich kurz verabschiedet hatte, startete Buschkamp seinen Mercedes, sah einen offensichtlich diesem Lodenkemper gehörenden Nissan-Geländewagen auf dem Parkplatz vor der Halle stehen und kam beim langsamen Verlassen des Hofes an einem überdachten Außenregal vorbei, wie es in solchen Betrieben üblich war. Darin lagerten Installationsrohre, die meisten offenbar aus Kupfer, Eisen oder Kunststoff. Verwunderlich war nur, dass ein paar dieser Rohre ganz schön edel aussahen, so gar nicht nach Gas- oder Wasserrohren. Dieser Mann hatte neben seinem Installateurbetrieb sicher noch ein paar andere Projekte zur Aufbesserung seiner lädierten Haushaltskasse laufen, dachte sich Buschkamp schmunzelnd und fuhr davon. Kein Wunder nach einem Konkurs. Den steckte doch keiner so leicht weg. Der Mann war mit seinem Betrieb in eine böse Falle gelaufen, die ihm durch eine juristische Spitzfindigkeit einen Konkurs eingebracht hatte. Recht und Gesetz waren mal wieder vor Gerechtigkeit gegangen.

Seine Uhr zeigte kurz vor 10:00, als er den Golfplatz nach möglichst materialschonender Fahrt erreichte. Nachdem er Marlies und Theo begrüßt hatte, musste er feststellen, dass Stankiewicz offensichtlich noch mit seinen Nachforschungen im Oberlandesgericht beschäftigt war.

Er entschied sich daher, heute zunächst mal bei diesem Scherzkeks von *Greenkeeper* anzufangen. Die Jungs waren heute Vormittag sowieso alle unterwegs, um die Bahnen für das Turnier am Sonntag zu präparieren. Eine gute Gelegenheit, um sich einmal in deren Behausung umzuschauen.

Von dem noch relativ leeren Parkplatz ging er hinunter zur ehemaligen Scheune, in der die Greenkeeper residierten. Hier in der mittleren Halle standen die Rasenmäher, defekte *E-Caddies*, Laubbläser und jede Menge gartentechnisches Werkzeug herum, wie er es auch auf seinem Hof hatte. Links lag ein Aufenthaltsraum mit ein paar Spinden und weiter hinten eine

Werkzeugecke mit Schraubstock für allfällige Reparaturen der Maschinen. Buschkamp inspizierte mit professionellem Interesse die Lokation, und nach einer Weile blieben seine Augen an einer Ecke des Raumes haften, in der ein besonders sauber aussehendes Aluminiumrohr neben einer ganzen Reihe anderer Rohre und Stangen angelehnt an der Wand stand. Als er einen Schritt näher herantrat, um das Teil näher zu betrachten, erschrak er.

„Verdammte Ober-Scheiße!“, entfuhr es ihm leise. War das nicht genau dieser Golf-Ball-Launcher, den Stankiewicz ihm im Internet gezeigt hatte? Sogar die Aufschrift in großen Lettern auf der Seite des Gerätes war zu erkennen: „Air Force Golf“. Buschkamp musste sich jetzt erst mal hinsetzen. Ein in der Werkstatt vor einer Werkbank stehender Stuhl bot dazu seine wackligen Dienste an.

So etwas war ihm in seinem ganzen Leben noch nicht passiert. Da geschieht ein brutaler Mord auf einem Golfplatz, schlichtweg jeder ist verdächtig, und dann wird einem kurze Zeit später die Mordwaffe präsentiert. Quasi auf dem Silbertablett. Sein Gehirn arbeitete auf Hochtouren. Hier spielte doch einer ein Spiel mit ihm. Wenn er eins wusste: Dieser Linnemann war zwar ein etwas penetranter Typ, und seine komischen Golfwitze gingen ihm gar mächtig auf den Senkel, aber so doof war der doch auch nicht, dass er hier die Mordwaffe direkt an seinem Arbeitsplatz in der Ecke stehen ließ.

Langsam bekam er den Eindruck, dass er hier am Nasenring durch die Ermittlungen geführt werden sollte. Das konnte man nicht mit ihm machen, nicht mit Bernhard Buschkamp! Bisher hatte seine Intuition noch immer gesiegt.

Gleichzeitig musste er an die ersten Umrisse des verwegenen Plans denken, der ihm gestern nach dem bedauerlichen Ableben dieses Schulte-Nellen durch den Kopf ging und der ihm den Mörder zweifelsfrei präsentieren würde. Jeder zu frühe „Ermittlungserfolg“, und noch womöglich einer mit einem falschen Mörder, konnte diesen Plan zunichte machen. Dazu kam, dass Dittmann sicher den kleinsten Fehler in diesem kniffligen Fall nutzen würde, um ihm genussvoll das Fell über die leicht abstehenden Ohren zu ziehen.

Ein kleiner Spaziergang zum Tatort auf Bahn 14 würde seinen Gedanken sicher wieder auf die Sprünge helfen. Wenn es nur nicht so warm gewesen wäre, dann hätte das sogar richtig Spaß machen können.

Er hatte gerade die Bahn 1 hinter sich gelassen und blickte über einen kleinen Rasenplatz, auf dem die Greenkeeper Schotter und Sand lagerten und offensichtlich schon vor Monaten einen alten Anhänger abgestellt hatten, als ausgerechnet dieser Linnemann, wie immer grün gewandet, schnellen Schrittes und freundlich winkend auf ihn zukam.

„Mensch Herr Buschkamp, hier ist aber was los auf diesem Platz. Jetzt schon der zweite Tote in einer Woche. Das ist ja schlimmer wie in einem Krimi im Fernsehen."

Der Kommissar schaute Linnemann eine Weile wortlos an. Es gab hier nur drei Möglichkeiten: Entweder war dieser Mann der gerissenste Mörder unter der Sonne, oder er war so unglaublich doof, dass ihn selbst Schweine beißen würden, oder er war unschuldig.

„Was ist, Buschkamp? Hat Ihnen diese Geschichte die Sprache verschlagen?"

„Nein, nein, Herr Linnemann, ich war nur in Gedanken."

„Die Geschichte nimmt uns alle hier ein bisschen mit. Jeder spricht hier ja schon vom Golfplatzmörder."

„Das ist doch noch gar nicht raus, ob es wirklich Mord war!", wandte Buschkamp, immer noch halb in Gedanken, ein.

„Auf jeden Fall wird die Lage immer unheimlicher. Gestern Abend war ich sogar nach Feierabend mit einem neuen Clubmitglied, das ich auch privat kenne, zu einer 9-Loch-Runde auf dem Platz, weil der offensichtlich etwas Angst hatte, allein über den Platz zu gehen. Mensch Buschkamp, der spielte vieleicht schlecht. Was ich erstmal auf seine Nervosität zurückgeführt habe."

„Entschuldigung, ich muss jetzt leider weiter", versuchte der Kommissar die Unterhaltung abzuwürgen.

„Ja nun seien Sie mal nicht so hektisch: Wo war ich stehen geblieben? Ach ja, also: Am ersten *Abschlag* nahm der einen nagelneuen Ball aus seinem *Bag*, *teete auf* und schlug den Ball direkt ins *Aus*. Nachdem ich abgeschlagen hatte, stolze 180 Meter übrigens, nahm dieser Typ erneut einen nagelneuen Ball, schlug, produzierte ein *Divot* von der Größe Rügens und schlug ihn dabei wieder unauffindbar ins *Aus*. Dann der dritte Ball, ebenfalls nagelneu. Der landete schließlich im tiefsten *Rough*. Da fasste ich mir ein Herz und sagte zu ihm, er solle doch jetzt endlich mal einen gebrauchten Ball nehmen. Der Spaß würde doch langsam teuer. Wissen Sie, was der da zu mir gesagt hat?"

Linnemann macht eine kleine Kunstpause und blickte Buschkamp erwartungsfroh an, um dann wieder mal laut losprustend die Frage selbst zu beantworten:

„Er hätte doch überhaupt noch gar keine gebrauchten Bälle! Verstehen Sie, Buschkamp, nur neue Bälle – keine gebrauchten." Linnemann lachte sich kaputt und kriegte sich kaum wieder ein.

Der Kommissar fand das nicht nur deshalb höchst unkomisch, weil auch seine Golfkünste manchmal ähnliches ballverlustreiches Spiel zur Folge hatten. In Gedanken war er gerade noch dabei gewesen, diesen Linnemann stehenden Fußes zu verhaften. Diesmal aber gab er sich nicht einmal die Mühe, sich ein höfliches Lachen abzuringen, und ging weiter. Zwei Tote in drei Tagen auf diesem Golfplatz und dieser Typ riss Witze.

Nach dieser reichlich unwillkommenen Unterbrechung setzte Buschkamp seinen kleinen Spaziergang über einen mit jungen Apfelbäumen gesäumten Fußweg fort. Dieser führte zur landschaftlich besonders attraktiven und spielerisch anspruchsvollen Bahn 11, die sich ausgehend von einem *Pultabschlag* in einem rechten *Dogleg* durch ein kleines Tal zog. Ein Graben mit angeschlossenem Feuchtbiotop im Tal, alte Eichenbäume in der Bahnmitte und zwei *Bunker* an der rechten Seite kurz vor dem *Grün* bargen die eine oder andere Herausforderung für den geneigten Golfenthusiasten. Leider heute aber nicht für ihn, weshalb er sich schnellen Schrittes und auf direktem Wege zur angrenzenden Bahn 14 begab.

Diese Bahn verlief mehr oder weniger waagerecht in sanften Schwüngen über 360 Meter bis zum *Loch*, wie die Vermessungsmarke anzeigte. Gegenläufig kam die 470 Meter lange Bahn 15 zurück, um sich dann aber per linkem Dogleg südlich zu verabschieden. Dieser Oexter konnte also nicht sonderlich weit vom Tatort weg gewesen sein, oder er hätte ihn mühelos in wenigen Minuten erreichen können. Er beschloss, ihn heute noch einmal anzurufen.

Der Abschlag der 13. lag weit unten im Tal des Abhangs, von dem er heute, bei diesem Wetter, einen atemberaubenden Blick in die sanften Erhebungen der Beckumer Berge hatte, die genau genommen mehr Hügel waren – an richtigen Bergen mangelte es der hiesigen Landschaft.

Ein Gedanke ging ihm dabei immer noch nicht aus dem Kopf: Wenn ein Golfspieler wirklich von der Bahn 13 gekommen war, dann hätte er versuchen können, mit einem ambitionierten zweiten Schlag direkt auf das Grün zu kommen und dabei das Opfer auf Bahn 14 nicht sehen können, da sich deren Abschlag hinter ein paar Büschen, aber genau in Ballfluglinie versteckte. Gleichzeitig hätte ein solcher Schlag das Opfer aber auch nicht an der rechten Schläfe treffen können – vorausgesetzt, es hatte wirklich am Abschlag gestanden und gerade den Ball angesprochen. Natürlich war es auch möglich, dass sich das unglückliche Opfer genau in diesem Moment noch einmal umgedreht hatte, um dem heranfliegenden Ball unwissentlich die Chance zu geben, doch einen maximalen gesundheitlichen Schaden anzurichten.

Dennoch: Wie bei jeder Gewehrkugel auch, nahm die Aufprallenergie eines *Golfballs* gegen Ende des Fluges ab. Diese Variante des Tathergangs war also unwahrscheinlich, und die Ballistiker hatten ja deutliche Spuren eines „Schusses“ gefunden.

Womöglich hatten aber genau diese golftechnischen Überlegungen den Täter zu seiner Tat genau an diesem Ort inspiriert, um bei polizeilichen Ermittlungen die Möglichkeit eines Unfalls nahezulegen. Dieser Abschlag befand sich nun einmal im Gefahrenbereich, wenn man das Grün des Loches 13 zu ambitioniert anspielte. Buschkamp blickte sich um und begann langsam, die möglichen Details der Tat vor Augen zu sehen. Hinter dem Abschlag bot eine mit Büschen durchsetzte Baumreihe Deckung, hier hätte der Mörder in aller Seelenruhe auf sein Opfer warten können, ohne bemerkt zu werden. Auch Feuerbachs Verletzung auf der rechten Kopfseite passte, vorausgesetzt, er hatte im Moment seines Ablebens wirklich seinen Ball angesprochen. Daran bestand aber kein Zweifel. Sogar ein geeigneter Fluchtweg stand für den Täter zur Verfügung. Die Wiese hinter der Baumreihe grenzte etwa 250 Meter weiter an eine Landstraße, die im weiteren Verlauf und mit ein paar Abzweigungen auf der einen Seite zum Clubhaus und auf der anderen zur nahe liegenden Autobahn führte. Kurzum: im Halbdunkel eines verregneten Sommerabends ein perfekter Plan – allerdings ersonnen, ohne daran zu denken, dass der ermittelnde Kommissar eine Idee von diesem anspruchsvollen Sport haben könnte.

Ein nachdenklicher Buschkamp machte sich langsam auf den Rückweg zum Clubhaus. Er traf dabei noch ein paar ambitioniert spielende *Flights*, deren Teilnehmer er aber alle nicht kannte. Etwas neidisch deren Spiel betrachtend, ging ihm wieder sein Plan durch den Kopf: Am Sonntag würde er also das erste Turnier seines Lebens spielen, womöglich sogar das Turnier seines Lebens schlechthin. O. K., rein spieltechnisch war eine Blamage denkbar, aber schließlich war er inzwischen stolzer Inhaber der *Platzreife*, und wie er an der Ausschreibung dieses Turniers in Marlies' Büro gesehen hatte, gab es auch keine Einschränkungen für die Teilnahme. Vielleicht gelang es ihm ja sogar, sein *Handicap* marginal zu reduzieren – oder gar den Fall zu lösen.

Christian Stankiewicz, schon vor einer Weile vom Oberlandesgericht zurückgekehrt, trug seine Ermittlungsergebnisse heute, Unmutsäußerungen seines Chefs vorbeugend, in kurzem Stakkato vor, was aber nicht hieß, dass dies unbedingt zur Erhellung von Buschkamps augenblicklicher Stimmung beitrug.

„Günther Lodenkemper: Der hatte wirklich einen Prozess verloren, der seine Firma in den Konkurs trieb. Sie glauben gar nicht, Chef, aufgrund welcher unglaublichen juristischen Spitzfindigkeit dieser Feuerbach ihm sein Recht auf Begleichung der Rechnung durch seinen Kunden verweigert hatte.

Clemens Oexter: Feuerbach hatte ihm über die Anwaltskammer ein standesrechtliches Verfahren an den Hals gehängt, weil er während eines Verfahrens eine Zeugin der Anklage beeinflusst haben sollte. Nur gegen Zahlung einer erheblichen Geldbuße kam der da wieder raus und hätte beinahe seine Zulassung verloren."

„Das wissen wir doch schon alles, Stankiewicz. Was ist mit diesem Greenkeeper?", unterbrach ihn Buschkamp.

„Wilhelm Linnemann: Die Information von Kreggenfeld stimmte ebenfalls. Feuerbach hatte vor Jahren seinen Vater für drei Monate ins Gefängnis gebracht. Dieser Feuerbach schien schon ein sehr spezieller Vertreter seiner Zunft gewesen zu sein."

Der Kommissar ging, enttäuscht vom Neuheitswert dieser Ermittlungen, zu Kreggenfeld an die Theke des Nachbarraums, bestellte zwei Kaffee und brachte sie mit einem kurzen „Danke" in Richtung Theo wieder zurück ins Ermittlungsbüro.

„Dann haben wir noch diesen Dr. Rühberg, der diesem Feuerbach schon mal gedroht hatte, und unseren Golf-Pro Jason, der was mit der Gattin von Feuerbach hatte. Mein lieber Herr Gesangverein", resümierte Buschkamp.

„Die Sache bleibt aber ganz schön unübersichtlich!"

Er starrte eine Weile vor sich hin und beschloss, nachdem sie nun das Stadium der vollkommenen Konfusion erreicht hatten, erst einmal im benachbarten Restaurant in Ruhe zu Mittag zu essen.

„Stankiewicz, zur Feier des Tages lade ich Sie heute mal ein!"

Bass erstaunt über diese unerwartete Freundlichkeitsoffensive seines Chefs, sagte der nur:

„Wenn Sie meinen, Chef."

Während des Mittagessens – Theo empfahl heute Kasseler mit Sauerkraut und Stampfkartoffeln – versuchte sein Assistent vorsichtig einzuflechten, dass spätestens heute Nachmittag die Berichte der Gerichtsmedizin und der Ballistik in der Dienststelle eintreffen würden. Wenn Dittmann deren ansichtig würde, und diese Gefahr war riesengroß, dann hatten Buschkamp und auch wohl er selbst ein solides Problem.

„Ich rufe ihn heute am späten Nachmittag mal an und berichte ihm. Machen Sie sich keine Sorgen, Stankiewicz. Wir werden den Fall schon schaukeln."

Nach dem Essen begann Stankiewicz noch einmal in den Unterlagen, die er vom Oberlandesgericht mitgebracht hatte, herumzuwühlen. Den ihm vollkommen unverständlichen Optimismus seines Chefs in dieser verfahrenen Situation zu teilen, war nicht ganz so einfach.

Buschkamp dachte wieder an seinen Plan. Er würde den Fall am Sonntag lösen, so oder so – zumindest bestand die Chance.

„Können Sie mir gleich noch mal diesen Rechtsanwalt Oexter ans Telefon holen?", bat er seinen Assistenten, als der zurück in den Nachbarraum ging.

Wenige Minuten später reichte Stankiewicz seinem Chef sein Handy mit einem etwas erhitzten Gesprächspartner auf der anderen Seite.

„Herr Kommissar, ist das nötig, dass Sie mich hier in der Kanzlei anrufen? Was sollen meine Angestellten denn denken."

„Das ist mir egal, was die denken, Oexter. Sie sind einer meiner Hauptverdächtigen. Sie waren zu dieser Zeit dem Tatort am nächsten. Überlegen Sie noch einmal genau, ob Sie nicht doch jemand gesehen hat. Sonst besteht die Gefahr, dass ich nicht nur anrufe!" Derartige kleine Überfälle wirkten nach Buschkamps Erfahrung immer, so auch heute. Etwas leiser, fast flüsternd, fuhr sein Gesprächspartner fort:

„Herr Buschkamp, was meinen Sie, warum ich so spät noch gespielt habe? Ich war nicht allein. Da war noch eine Dame bei mir."

Den letzten Satz sagte er so leise, dass der Kommissar ihn kaum verstehen konnte.

„Dann nennen Sie mir den Namen der Dame, und ich überprüfe das."

„Das kann ich nicht, Herr Kommissar. Es ist die Gattin eines Freundes."

‚So, so', dachte Buschkamp. Dieser Mann hatte also a. Freunde – das verwunderte ihn und war wohl b. selbst ein ganz besonders feiner Freund. Er überlegte eine Weile, ein paar besonders fiese verbale Daumenschrauben einzusetzen, entschied sich dann aber anders. Schließlich hatte er einen Plan.

„Passen Sie mal auf, Herr Oexter. Sie sprechen heute mit Ihrer Geliebten, oder was immer die werte Dame ist, rufen mich morgen im Laufe des Tages an und nennen mir den Namen. Ohne Not reite ich Sie schon in nichts rein."

„Ich überleg mir das und melde mich morgen auf jeden Fall bei Ihnen", war die immer noch geflüsterte Antwort.

Als Buschkamp nach einer Weile angestrengten Nachdenkens und einem Blick durch die Tür seines Ermittlungsbüros in den Gastraum diesen Jason unbeschäftigt mit Kreggenfeld am Tresen stehen sah, kam ihm eine geniale Idee. Warum sollte er nicht die weiteren Befragungen von Verdächtigen gleich mit einer weiteren Golfstunde kombinieren, um das bisher Gelernte zu verfestigen und sich auf das Turnier vorzubereiten ? Dazu kam ihm die aktuelle Arbeitslosigkeit des *Pros* gerade recht.

„Jason, wie wäre es mit einer kleinen Golfstunde ? Ich habe mich entschlossen, am Sonntag mitzuspielen."

Der Pro staunte nicht schlecht über den Ehrgeiz seines Schülers und ließ sich nicht lange bitten.

„In ten minutes auf die *Driving Range* ?"

Buschkamp holte seinen Bag aus dem Wagen, zog die Golfschuhe an und ging über die Straße, die am Golfplatz vorbeiführte, zur Driving Range, deren Abschlagmatten sich, vom Parkplatz uneinsehbar, hinter einer Reihe Büschen versteckten. Diesem bedauerlichen Umstand war es denn auch zu verdanken, dass er wenig später die Ankunft eines blauen Dienst-Audis der Dortmunder Polizeidirektion nicht mitbekam.

Seine ersten Bälle, geschlagen mit einem *Eisen* 7, flogen gar nicht so schlecht, als Jason mit seinem Bag über der Schulter zu ihm über die Straße kam und sich mit anerkennender Miene neben ihn stellte.

„Not bad, Bernhard – für einen Anfänger !", begann er die Stunde, um aber gleich unterbrochen zu werden.

„Jason, war Frau Feuerbach auch deine Schülerin ?"

„Sure ! Keiner ist so gut, dass er mich nicht braucht", antwortete der mit einem besonders breiten Lächeln.

„Warum fangen in so vielen Sportarten die Schülerinnen immer gleich was mit ihren Lehrern an? Ski, Tennis, Golf, überall das gleiche Spiel."

„Maybe weil die Lehrer alle nice guys sind", entgegnete Jason verschmitzt.

„Hattest du vor, diese Frau Feuerbach dem Richter auszuspannen?"

„Dear Bernhard, wo denkst du hin. Das ist eine Liaison, wo jeder genau weiß, was seine Rolle ist. No future plans, wenn du das meinst. Anyway, möchtest du mich jetzt interviewen oder eine Golfstunde? Das Erste wird dir as I know von dein Land bezahlt, das Zweite bezahlst du mir, my dear friend."

‚Dumm gelaufen', dachte sich Buschkamp, als er im Hintergrund eine allzu bekannte und keineswegs positiv belegte Stimme vernahm:

„Das nennen Sie also polizeiliche Ermittlungsarbeit, Buschkamp!?"

‚Ach du liebe Sch…', dachte sich der Kommissar. Wie sollte er denn das jetzt diesem Dittmann erklären. Er überlegte einen Moment, ob er nicht einen freien Nachmittag vortäuschen sollte, aber dieser Typ würde sich nicht hinters Licht führen lassen.

„Da komme ich mal einmal zum Tatort …"

‚Ganz recht', dachte Buschkamp, ‚wenn der seinen Bürohintern mal öfter an die frische Luft bewegen würde, wüsste der auch endlich mal, worum es bei seinem Job in Wirklichkeit geht.'

„… um dort nach dem Rechten zu sehen, und schon finde ich meinen zuständigen Kommissar hier seelenruhig bei seinem Freizeitvergnügen. Was glauben Sie, was Sie sich alles erlauben können, Buschkamp?"

„Ich glaube, Sie sehen die Sache hier nicht ganz richtig, Herr Dittmann, ich …" Weiter kam Buschkamp nicht mehr.

„Mit absoluter Sicherheit sehe ich die Sache hier richtig, Herr Buschkamp. Ich war nämlich gerade auch schon bei Ihrem Kollegen Stankiewicz, und der hat mir auf meine Fragen hin ein paar ganz interessante Sachen berichtet: Sie sind schon seit Wochen in diesem Club aktiv und haben auch wohl so was wie eine Platzberechtigung gemacht …" Buschkamp wurde klar, dass diesem Kerl jegliches Wissen über diesen Sport abging, und er hatte weder Lust, noch sah er einen tieferen Sinn darin, die Tirade seines auf Hochtouren laufenden Chefs zu unterbrechen.

„… Sie kennen doch wohl die Dienstvorschriften, oder?" Ohne auf eine Antwort zu warten, fuhr Dittmann fort, mit gewichtiger Miene Dienstvorschriften vorzutragen:

„Sobald der ermittelnde Kommissar eine gewisse Befangenheit in seinem Fall erkennen kann, muss er den Fall niederlegen oder zumindest mit seinem Vorgesetzten darüber sprechen. Beides haben Sie nicht getan!"

Jason, der dieser peinlichen Situation aus dem Wege gehen wollte, nutzte eine kurze Pause, um zu fragen, ob er einen Moment in das Clubhaus gehen solle.

„Bleib ruhig da, Jason. Kannst hier was fürs Leben lernen", lehnte Buschkamp seine Bitte ab.

„Ah, so ist das! Verbrüdert habt ihr euch also auch schon! Ich fasse es nicht!", schnauzte Dittmann weiter.

„Aber Herr Dittmann", unterbrach ihn jetzt Buschkamp ruhig und sichtlich bemüht, die Unterhaltung doch noch ins Zivilisierte zu überführen.

„Es hat in einem solchen Fall auch durchaus Vorteile, wenn sich der ermittelnde Kommissar mit den Gegebenheiten vor Ort auskennt."

„Das ist mir vollkommen egal. Wofür gibt es Vorschriften, wenn sie nicht eingehalten werden?" Das sah diesem Abziehbild von einem Chef ähnlich: Vorschrift schlug also Sinn.

Die Golfspieler auf den anderen Abschlagmatten blickten bereits interessiert herüber.

„Und noch was", schimpfte dieser Dittmann lauthals weiter, „Sie haben gewusst, dass es sich um einen Mord handelt, und haben mich vorsätzlich nicht informiert." Auf den anderen Abschlagmatten wurde es nun vollkommen still.

„Das hat Folgen für Sie! Höchst unangenehme Folgen!"

Ein leises „Sicher, Herr Dittmann" war Buschkamps einzige Reaktion.

„Ab sofort sind Sie diesen Fall los. Ich werde am Montagmorgen einen anderen Kollegen damit betrauen. Und nur damit Sie es wissen: Stankiewicz ziehe ich ebenfalls ab. Wenigstens der hätte mich über Ihre fehlende Dienstauffassung informieren müssen. Ich bin hier offensichtlich nur von Idioten umgeben. Montagmorgen um 8:00 Uhr sehen wir uns in meinem Büro! Guten Abend, Herr Buschkamp." Sprach's und wandte sich demonstrativ vom Kommissar und dem wie angewurzelt immer noch mit einem Eisen 7 in der Hand dastehenden Jason ab, um energischen und zugleich irgendwie albern aussehenden Schrittes zu seinem Dienst-Audi zu eilen. Auf den anderen Matten konnte man ein sich langsam entspannendes Durchatmen vernehmen.

„Sorry, Bernhard, das tut mich aber sehr leid für dich", war die erste Reaktion des sichtlich betroffenen Pros.

„Ach, vergiss es, Jason. Dieser Mann ist selber ein Idiot. Komm, wir gehen zu Theo und trinken jetzt erstmal ein Bier auf den Schreck."

Marlies Kemper saß, wie Buschkamp beim Betreten des Clubgebäudes gesehen hatte, immer noch in ihrem Büro und war offensichtlich schon damit beschäftigt, die ersten Vorbereitungen für das Turnier am Sonntag zu treffen. Oder vielleicht hatte sie auch einfach keine Lust gehabt, nach Hause zu gehen. Kein Wunder bei den Aufregungen der letzen Tage. Nachdem er mehr oder weniger schweigend ein Bier mit Jason heruntergekippt hatte, nur unterbrochen von einer kurzen sachlichen Information an Theo über den Vorfall, kam Buschkamp eine Idee.

Jetzt, wo er den Fall sowieso fürs Erste los war, warum sollte er da nicht einfach mal diese entzückende Frau Kemper zu einem Abendessen einladen? Wie Stankiewicz schon einmal beiläufig erwähnt hatte, wohnte sie ja gar nicht weit entfernt von Hamm, ja fast auf seinem Nachhauseweg.

Wenige Minuten später steckte er den Kopf durch die Glastür ihres Büros. „Ich bin den Fall los, Marlies. Hast du Lust, mit mir essen zu gehen?"

Noch immer etwas verblüfft von ihrer spontanen Zusage, lenkte er wenig später seinen immer lauter lärmenden Mercedes Richtung Stadt, jetzt von Marlies' rotem Polo verfolgt. Gestern hätte er noch gedacht, dass sie wohl nur in ein Essen einwilligen würde, da sie ihm als Amtsperson keinerlei Absichten unterstellte. Heute war das anders, und das freute ihn.

Marlies hatte für den heutigen Abend das türkische Restaurant „Holzofen" am Alten Uentroper Weg in Werries vorgeschlagen, das auch Buschkamp seit seiner Scheidung immer mal wieder, wenn er beruflich zufällig in Hamm zu tun hatte, zwecks Verzehr einer schnellen Dönertasche aufgesucht hatte. Marlies kannte die Inhaberfamilie Karadogan von diversen abendlichen Essen mit ihren Freundinnen und schätzte die freundlich-familiäre Atmosphäre des Restaurants sehr, während Buschkamp sonst eher in bürgerlichen Restaurants mit typisch westfälisch-derber Küche anzutreffen war.

Als Ausdruck vollendeter Manieren entschied sich der Kommissar heute Abend sogar, Marlies bei Betreten des Lokals die Tür aufzuhalten, was diese mit Verwunderung zur Kenntnis nahm. Das moderne türkische Ambiente des erst vor wenigen Wochen umgebauten Restaurants beeindruckte heute Abend selbst Buschkamp, an solchen Nebensächlichkeiten gemeinhin eher desinteressiert.

Die Klimaanlage bemühte sich redlich, die warme Luft des Tages aus den Räumlichkeiten zu vertreiben, während sie ihr

Gericht auswählten. Marlies entschied sich für „Köfte Malatya“, ein Hackfleisch-Gericht mit Gemüse, Kartoffeln, einer speziellen Tomatensauce und Joghurt, benannt nach der anatolischen Heimatstadt des Inhabers, wie sie zu berichten wusste. Buschkamp schloss sich an. Nachdem eine Bedienung die zwei bestellten Isenbeck-Pils gebracht hatte, begann Buschkamp ohne große Vorrede über den Vorfall mit seinem Chef zu berichten:

„Den Fall bin ich nun los, Marlies, und ein Disziplinarverfahren habe ich auch mit Sicherheit am Bein.“

„Komm, Bernhard, mach dir keine Sorgen. Das wird sich schon wieder einrenken.“

„Da kennst du aber den Dittmann nicht. Der zieht das mit aller Macht durch! Ich befürchte, wenn ich den Fall nicht bis Montag gelöst habe, dann kann ich mich schon mal nach einem neuen Job umsehen.“

Frau Karadogan brachte mit einem freundlichen Lächeln das Essen in heißen Tonschalen, die soeben aus dem holzbefeuerten Ofen kamen. Es roch derart verführerisch, dass Buschkamp fast vergessen hätte, seinem Gast „Guten Appetit“ zu wünschen, bevor er wie immer intensiv begann, sich dem Essen zu widmen.

„Du machst dir keine Vorstellung, wie froh ich bin, dass du eine der wenigen Personen auf dem Golfplatz bist, die kein Motiv hatte, diesen Feuerbach umzubringen“, versuchte er nach einer Weile die Unterhaltung, wie es sich bei Tisch gehörte, wieder in Gang zu bringen.

„Bernhard?“ Marlies machte eine kleine Pause. „Ich glaube, ich sollte dir noch etwas erzählen.“

Dem Kommissar blieb fast der Bissen im Halse stecken. Wenn Sätze so anfingen, das kannte er noch von seiner Frau, verhieß das nichts Gutes. Wenn sein über alle Maßen geschätztes Gegenüber jetzt auch noch ein Mordmotiv hatte, dann wäre es wohl endgültig eine gute Idee, den Fall niederzulegen.

Dennoch wand er ein kurzes „Erzähl!" heraus und versuchte, sich dabei gleichzeitig noch ein leicht gequältes Lächeln abzuringen.

„Ich weiß nicht so recht, wie ich dir das sagen soll." Auch diese Einlassung versprach in der Regel nichts Gutes.

„Mensch Marlies, nun schieß doch schon los. Du weißt doch, dass ich den Fall seit heute los bin."

„Bernhard, ich weiß aber auch sehr gut, dass du nicht aufgeben wirst. Daher sage ich es dir auch: Es ist jetzt eine furchtbare Unterstellung, die ich hier äußere, und die ist mir auch sehr peinlich, aber ich kenne die beste Freundin von Yvonne Feuerbach sehr gut. Da gibt es eine Lebensversicherung."

Buschkamp hielt für einen Moment den Atem an. Gott sei Dank! Kein neues Motiv! Aber ein vielversprechender neuer Ansatz, der ihn sofort zu interessieren begann:

„Du meinst, die hat einen Mörder gedungen?"

„Bernhard, mir ist das unendlich peinlich, aber wir müssen doch den Mörder finden." Das „wir" gefiel Buschkamp in diesem Zusammenhang besonders gut.

„Sprich doch bitte weiter, Marlies!"

„Du weißt, dass unser Jason ein wirklich sehr netter Mensch ist. Er ist aber auch gleichzeitig ein unglaublicher Spinner, wenn ich das mal so sagen darf. Seit Jahren spricht er von seiner eigenen Golf-Akademie in Schottland, obwohl er absolut nichts auf der Tasche hat. Und in letzter Zeit wurde dieses Geschwätz immer konkreter."

„Hab ich auch schon von gehört. Du meinst, da könnten Pläne mit Frau Feuerbach gewesen sein – und ihrem Geld?"

„Ich weiß es nicht, Bernhard. Sicher ist, dass Yvonne Feuerbach sich von ihrem Mann trennen wollte. Da hat es sogar schon einen Termin bei einem mit ihr befreundeten Anwalt in Münster gegeben."

Der Kommissar legte sein Besteck zur Seite, erhob sein Glas und prostete Marlies erleichtert zu.

„Ich Esel hatte schon befürchtet, du hättest auch ein Motiv gehabt, diesen Feuerbach aus dem Weg zu räumen. Und stattdessen entpuppst du dich als erstklassige Informantin."

„Was traust du mir denn alles zu, Bernhard? Ich wollte nur nicht, dass du dich in diesen Fall verrennst oder irgendeinen Aspekt nicht siehst. Schließlich geht es auch um deinen Job und deine Zukunft. Verstehst du, was ich meine?"

Klar verstand er. Er verstand, dass diese Marlies etwas für ihn empfand, und das war ihm viel wichtiger als eine weitere mittlere Hundertschaft Verdächtiger oder sein ganzer beschissener Job an sich.

Buschkamp bestellte zwei Raki, die Hüseyin Karadogan einen Moment später in vollkommen überdimensionierter Form an den Tisch brachte. Sicher war er diesen verdammten Fall jetzt los – aber Marlies hatte schon recht damit, dass er nicht aufgeben würde. Schließlich hatte er einen Plan, der ob der Vielzahl der Verdächtigen zwar schwierig in der Umsetzung war, aber immerhin als kriminalistisches Gesamtkunstwerk langsam an konkreten Konturen gewann.

# 5. KAPITEL

# Birdie

*(Samstag)*

„Golf besteht zu 20 Prozent aus Schwung und Technik.
Der Rest setzt sich zusammen aus Philosophie,
Humor, Tragödie, Romantik, Melodram,
Gesellschaft, Kameradschaft,
Eigensinnigkeit und Geschwätz.“

*(Grantland Rice)*

Keine Theorie oder Methode, auch nicht bei den schlechtesten Pros dieser Welt, verhindert auf Dauer, dass man einen passablen Golfschwung erlernt. Kontinuierliches Üben führt unweigerlich sogar zu dessen Perfektionierung oder besser des in Distanz und Richtung messbaren Ergebnisses dieser Bemühungen, nicht aber unbedingt dazu, dass dieser auch rein optisch als gelungene Bewegung wahrgenommen werden könnte. Daher für den geneigten Ästheten unter den Golfern und mit Rücksicht auf das diesbezügliche Empfinden möglicher Mitspieler oder Zuschauer ein Rat: Nicht nur weit weg und in die einigermaßen richtige Richtung, heißt die Aufgabe. Es sollte auch etwas schöner aussehen, als wenn man auf dem Platz mit gröberen Wald- oder Erdarbeiten beschäftigt wäre.

Buschkamp hatte schlecht geschlafen. Diese Geschichte mit Dittmann konnte ihm ernsthafte Probleme bereiten. Diesem Typen war in seiner machtbesessenen Dummheit alles zuzutrauen. Leider bestand die bedauerliche Notwendigkeit, dass sein Erwerbsleben noch ein gehöriges Weilchen andauern musste, bevor er sich extensiv um Haus, Hof und Wald kümmern konnte, ganz abgesehen von der erschreckenden Aussicht auf eine Zweitkarriere eines gescheiterten Kriminalisten bei einem drittklassigen Sicherheits- oder Wachdienst.

Ein Blick in den Kühlschrank offenbarte zudem, dass das samstägliche Frühstück von tragischem Minimalismus geprägt sein würde, wenn er hier nicht augenblicklich Abhilfe schaffte. Wissend um den ernsten Gesundheitszustand seines Kraftfahrzeugs, beschloss er, diese Besorgungen mit dem

Fahrrad zu machen, schließlich sollte es heute ausnahmsweise mal wieder besonders warm werden.

Eine Viertelstunde später stand er bereits, bekleidet mit seinem grünen Trainingsanzug der Polizeischule, im Edeka-Markt in Werries, nur wenige Minuten sportlichen Strampelns von seinem Hof entfernt. Die Kombination des Einkaufs der Frühstücksnotwendigkeiten mit der Vorratsbeschaffung für die kommende Woche erschien ihm bis zu dem Moment angebracht, in dem ihm einfiel, dass er womöglich in der nächsten Woche mehr Zeit haben würde, als ihm lieb war.

An der Wursttheke staunte er nicht schlecht, als er auf seinen ehemaligen Kollegen Horst Schlüter von der Hammer Polizeidienststelle traf, mit dem er fast ein Jahr das Büro geteilt hatte. Schlüter wie er Urwestfale.

„Wie geht's, Bernhard?", begann der die raumgreifende Unterhaltung.

„Gut – und selbst, Horst?"

„Muss!" Damit waren die wichtigen Dinge schon einmal geklärt.

„Was macht denn dein Fall in Stahlberg? Hab's in der Zeitung gelesen."

„Ach Horst, Ärger, nix als Ärger." Die Verkäuferin übergab Buschkamp seine Plastiktüte mit der Dauerwurst und dem Schinken, und nachdem auch Horst seine Bestellung aufgegeben hatte, fuhr der fort:

„Du hast wenigstens jetzt in Dortmund interessante Fälle. Wir können uns hier mit diesem ganzen kleinkarierten Blödsinn abgeben. Aber lass mal, ich hatte jetzt auch einen richtigen Mordfall."

„Wieso?", fragte Buschkamp interessiert.

„Darf es sonst noch etwas sein?", versuchte die junge, noch etwas unerfahrene Fleischverkäuferin die Unterhaltung erfolglos zu unterbrechen.

„In Geithe ist vor ein paar Tagen nachts ein Schwein ‚ermordet' worden. Offensichtlich erschlagen lag es morgens auf der Schweinewiese des Bauern Schulte-Geithe, sogar ganz in der Nähe der Straße. Der Bauer hatte den Vorfall am nächsten Morgen der Polizei gemeldet“, berichtete Horst Schlüter nicht ohne Stolz.

„Mein Herr ! Kann ich Ihnen sonst noch etwas geben !“, versuchte die Fleischverkäuferin nun in deutlich lauterem Ton ihr Glück.

„Wie ist das Schwein denn erschlagen worden ?“, fragte Buschkamp.

„Bernhard, du stellst Fragen. Mit einem Schlag gegen den Kopf. Womit genau konnten wir nicht feststellen, und der Bauer konnte uns auch keine genaueren Hinweise geben.“

„Wo ist das Schwein ?“, fragte Buschkamp fast aufgeregt seinen Kollegen, während eine langsam resignierende Fleischverkäuferin die anderen wartenden Kunden entschuldigend anblickte und dabei mehrfach demonstrativ die Augen verdrehte.

„Jetzt mach aber mal einen Punkt, Bernhard ! Ich kenne den Bauern. Das ist ein ganz ordentlicher Mensch. Wir haben früher zusammen Skat gespielt.“

„Nein, nicht der Bauer, das Schwein, die Schweineleiche ! Wo ist die hingekommen ?“

„Die haben wir fotografiert und dann einen Abdecker beauftragt, den Kadaver abzuholen, was der auch wenige Stunden später gemacht hat. Wolltest du das Schwein etwa noch verwerten ?“

„Horst, das ist jetzt nicht so schrecklich witzig. Wo sind die Fotos ?“

„Mensch Bernhard, was ist mit dir los ? Was willst du mit Fotos von einem toten Schwein ?“

Langsam wurde Buschkamp ungeduldig. Die Fleischverkäuferin allerding auch !

„Verdammt noch mal! Wenn Sie mir jetzt nicht sofort sagen, was Sie noch haben wollen, dann nehme ich den nächsten Kunden dran."

Horst Schlüter schreckte ein wenig auf, wandte sich dann aber mit einem kurzem „Das war's" wieder an Buschkamp, der wiederum erkannte, dass die hübsche Verkäuferin, inzwischen leicht errötet, seinem Kollegen die Tüte mit dem Aufschnitt am liebsten direkt an den Kopf geworfen hätte.

Buschkamp zog Schlüter sicherheitshalber am Ärmel ein paar Meter von der Theke weg.

„Pass auf, Horst! Du gibst mir jetzt sofort die Fotos, und ich erklär dir später, worum es geht. O. K.?

„Bernhard, wir haben heute Samstag und beide dienstfrei."

„Horst, das ist mir sowas von scheißegal. Wir fahren jetzt auf deine Wache und du gibst mir die Bilder."

Schlüter gab auf. Sein Kollege hatte heute offensichtlich nicht den besten Tag erwischt, und er kannte dessen Starrsinnigkeit schon zu lange, um sich jetzt auf Diskussionen einzulassen. Stumm schritten beide nebeneinander her zur Kasse des Supermarktes, und Schlüters Laune verbesserte sich nicht sonderlich, als er feststellen musste, dass er auch noch fahren musste, da dieser Buschkamp es vorgezogen hatte, mit dem Fahrrad zu erscheinen. War ja auch kein Wunder, dass dieser Schrotthaufen von Mercedes muckte, den er noch bestens aus Buschkamps Dienstzeit in Hamm kannte und dem er damals schon ein baldiges Ableben prophezeit hatte.

Auf dem Weg zur Hohen Straße in der Innenstadt von Hamm musste Buschkamp feststellen, wie selbst in dieser noch eben erträglich warmen Morgenstunde die Klimaanlage eine angenehme Atmosphäre in Horsts neuen Golf zauberte, was man von dem augenblicklichen Klima zwischen den beiden übrigens nicht gerade sagen konnte. Sollte sein Mercedes irgendwann einmal den Geist aufgeben, würde er beim Neukauf auch auf eine Klimaanlage achten. Eine

Klimaanlage, eine Anhängerkupplung, und ein Stern müsste vorne drauf sein.

In der Polizeiwache nahm Schlüter seinen ehemaligen Kollegen mit in sein Büro, etwas verwundert beäugt vom an diesem Wochenende diensthabenden Kommissar, der kurz die Hand zum Gruß erhob, sich aber ansonsten nicht von seinem Telefongespräch abbringen ließ.

Gebannt schaute sich Buschkamp die gestochen scharfen DIN-A4-Ausdrucke der Fotos an, die immer noch auf Schlüters Schreibtisch lagen. Es bestand kein Zweifel! Das Schwein wies die gleiche halbrunde blutunterlaufene Verletzung am Schädel in Höhe der Schläfen auf wie der Richter. Hier hatte offensichtlich jemand für einen kaltblütigen Mord trainiert.

„Ist jemand gesehen worden?“, fragte Buschkamp unvermittelt an seinen Kollegen gewandt.

„Nein, keiner. Das ist ja wohl mitten in der Nacht passiert, noch dazu in diesem kleinen verschlafenen Nest.“

„Genau, deshalb entgeht den Leuten doch auch in der Regel nichts“, entgegnete Buschkamp unwirsch.

„Bernhard, wir haben da auch keine große Sache draus gemacht. Es war doch nur ein Schwein! Außerdem, was soll diese ganze Fragerei? Das ist unser Fall gewesen. Halt dich da gefälligst raus!“

Buschkamp wusste einen kleinen Moment lang nicht, ob es jetzt nicht angebracht gewesen wäre, dosiert, aber erkennbar aus der schwitzenden Haut zu fahren, beließ es dann aber dabei.

Nachdem ihn sein Kollege missmutig wieder vor dem Edeka-Markt abgesetzt hatte, fuhr er den kurzen Umweg über seinen Hof, um seine Einkaufstüte abzustellen und um dann direkt mit dem Fahrrad weiter die wenigen Kilometer bis nach Geithe zu fahren, eine der kleinsten, aber auch schönsten Ortslagen der Stadt Hamm.

‚Eigentlich ein sehr ungewöhnliches Dörfchen', dachte Buschkamp, während er gemächlich durch den Geithewald radelte. Der Ort hieß Geithe, das Bächlein, das am Ort vorbeifloss, hieß Geithe und der einzige Bauer hieß Schulte-Geithe. Hier hatte man sich rein namenstechnisch in den früheren Jahren keine sonderliche Mühe gegeben, und das bei diesem äußerst pittoresken Erscheinungsbild.

Der Ort bestand aus ganzen sieben Häusern, einer eher selten geöffneten Kneipe, einer ehemaligen Schule, die heute als Kindergarten genutzt wurde, und einer Anfang des 20. Jahrhunderts gebauten Backsteinkirche, die von vielen Hammer Paaren für stilvolle Hochzeiten genutzt wurde.

Ein kurzer Blick auf die Schweinewiese, die vor dem Ort in Richtung des in einem Birkenwald verborgenen Friedhofs gelegen war, machte dem Kommissar schnell klar, wo seine Nachforschungen beginnen mussten. Nach einem ersten Gespräch mit dem örtlichen Bauern, das aber leider keinen gravierenden Erkenntnisgewinn an den Tag brachte, nahm er sich das ehemalige Pfarrhaus der Gemeinde vor, von dem aus man einen perfekten Blick auf die Schweinewiese hatte. Als er klingelte, vernahm er in dem leuchtend gelben Haus einen Klingelton von geradezu beachtlicher Lautstärke. Nach einer ganzen Weile öffnete ihm ein kleiner, offensichtlich schon sehr betagter weißhaariger Rentner mit brauner Weste und karierten Filzpantoffeln.

„Guten Tag, Buschkamp ist mein Name, Kripo Dortmund", stellte er sich vorschriftsmäßig und schon vorsorglich mit leicht erhobener Stimme vor.

„Wer?", war die kurze Gegenfrage seines Gegenübers.

„Bernhard Buschkamp, Kripo Dortmund!", brüllte der Kommissar nun direkt in das Ohr des offensichtlich massiv schwerhörigen Rentners. Dieser schaute seinen Besucher verwundert an, deutete auf sein Ohr und machte ihm mit einer Handbewegung klar, dass er ihm in das gemütliche Wohnzimmer, einem

Traum in Eiche und Plüsch, folgen solle, was wiederum eine ganze Weile dauerte.

„Einen Moment", sprach der ansonsten freundlich gestimmte Opa viel zu laut zu seinem Besucher und machte sich an einer kleinen Schachtel zu schaffen, die auf dem schweren Couchtisch lag und offensichtlich ein Hörgerät enthielt. Diesem Umstand war es dann auch zu verdanken, dass sich alsbald eine ordentliche Unterhaltung entwickeln konnte. Traf der Kommissar hier doch auf einen älteren Herren, der zwar sehr schlecht hören, aber noch recht gut sehen konnte und, was in diesem gesegneten Alter auch bisweilen nicht ganz unwichtig war, auch noch ein gutes Gedächtnis hatte und sich an den Vorfall präzise erinnern konnte.

Da seine Nächte morgens schon immer in aller Herrgottsfrühe beendet waren – „Damit haben Sie ja wohl noch keine Last, junger Mann" –, berichtete er, dass an diesem betreffenden Morgen der vergangenen Woche, als er zufällig aus dem Fenster seines Wohnzimmers geblickt hatte, ihm ein weißer Bulli an der Schweinewiese des Bauern aufgefallen war, ohne dass er sich zu diesem Zeitpunkt etwas dabei gedacht hätte. Schließlich kam es durchaus vor, dass an dieser Stelle der eine oder andere Handwerker mal ein kurzes Nickerchen hielt – aber nicht unbedingt morgens um halb sechs.

Buschkamp atmete entspannt aus und lehnte sich in die weichen Polster des Sofas zurück, als wenn ihm ein gewaltiger Stein vom Herzen gefallen wäre. Das letzte Glied in der Kette der notwendigen Elemente seines morgigen Plans war gefunden. Sicher konnte man noch eine ganze Kette von Indizien aneinanderreihen. Aber der Plan stand jetzt. Zunächst einmal würde er aber nun nach Hause fahren und in aller Ruhe frühstücken, schließlich war es inzwischen schon 14:00 Uhr geworden, und sein Magen knurrte beachtlich.

Er beschloss, heute gegen Abend noch eine weitere kleine Radtour zu machen, diesmal zum Golfplatz. Das schonte den

Zustand seines schwerkranken automobilen Kameraden und die Nerven der Anwohner der zu befahrenden Straßen. Marlies Kemper war dort sicher noch mit den Vorbereitungen für das Turnier beschäftigt, und sie würde ein paar kleine organisatorische Feinheiten für ihn erledigen können, ohne dass es jemandem weiter auffiel.

Ein Anruf beim hiervon etwas überraschten Stankiewicz schien ihm ebenfalls noch angebracht:

„Haben Sie nicht Lust, morgen so gegen 12:00 Uhr mal zum Golfplatz zu kommen?“

Der druckste zunächst etwas umständlich herum:

„Och Mensch, Chef, ich habe morgen meiner Freundin versprochen, den Tag mit ihr zu verbringen, und die ist eh schon sauer wegen der vielen Überstunden.“

„Dann kommt es doch auf die paar Stunden auch nicht mehr an. Könnte ein interessanter Nachmittag werden.“

Damit hatte er seinen Assistenten natürlich gepackt.

„O. K., Chef, ich komme. Vielleicht hat sie ja Lust mitzukommen. So ein Golfplatz hat ja auch schon was.“

Hörte er hier bei seinem geschätzten Kollegen Stankiewicz erste Anzeichen dieser mentalen Infektion, die auch ihn erwischt hatte und die man Golf nannte?

Jedenfalls konnte er sich nun in aller Ruhe der Gestaltung eines ruhigen Samstagabends widmen – und seinen alten Kumpel Horst würde er in der nächsten Woche mal auf ein gepflegtes Bier zu sich nach Hause auf die Veranda einladen.

# 6. KAPITEL

# Turnier

*(Sonntag)*

**„18 Löcher Matchplay werden Ihnen**
**über Ihren Gegner mehr sagen**
**als 19 Jahre gemeinsamer**
**Arbeit am Schreibtisch.“**

*(Grantland Rice)*

Der sportliche Wettkampf in allen seinen Äußerungsformen ist seit der Antike eine ehrenvolle, kultur- und manchmal sogar staatstragende Veranstaltung. Hier zeigt sich wahres Können, charakterliche Stärke, Teamfähigkeit und Kampfgeist. Darüber hinaus bietet sich ein weites Feld für interessante Studien der Tiefe kleiner menschlicher Fehler: Wer hat die Wasserflasche vergessen? Wessen Batterie des *E-Trolleys* ist nicht aufgeladen? Wer hat weder Regenschirm noch Regenjacke dabei? Wer ist sogar überrascht von dem bemerkenswerten Umstand, dass man zum Golfspielen Bälle braucht?

„Das wird heute ein superheißer Sommersonntag werden, im Verlauf des Tages leider auch unangenehm schwül. Nachmittags besteht die Gefahr einzelner heftiger Gewitter. Vergessen Sie also den Regenschirm nicht“, tönte schon wieder die gleiche nette Dame aus Buschkamps altem Kofferradio im Badezimmer. Ob diese bedauernswerte junge Frau wohl niemals frei hatte?

In jedem Fall nicht gerade ideale Wetterbedingungen für sein erstes Turnier. Dieser Jason hatte ihm in einem Anfall von verwegenem Mut und unter Aufbietung aller englischer Höflichkeit eines warmen Samstags vor ein paar Wochen schonend beigebracht, dass eine sehr kurze Hose und weiße Tennissocken nicht gerade die optimale Bekleidung für einen Golfplatz und sicher schon gar nicht für ein Turnier waren. Also entschloss er sich heute zu einer khakifarbenen Sommerhose, die er vor wenigen Jahren anlässlich eines lange hinausgezögerten, aber am Ende dann doch unvermeidbaren Urlaubes mit seiner Frau in Mallorca gekauft hatte, auch wenn diese überraschenderweise ein wenig eng saß. Dazu passte wohl ein gelbes Polohemd mit dem Aufdruck einer bekannten westfälischen Brauerei aus dem nahen Oelde, die er im letzten Jahr in feuchtfröhlicher Runde mit ein paar Kumpels aus dem Ort besucht hatte. In den Tiefen seiner Garderobe fand sich sogar noch eine orangefarbene Kappe, die er vor einiger Zeit im Baumarkt als Zugabe zum Kauf einer neuen Kettensäge bekommen hatte und die ihm sicheren Schutz vor der sengend heißen Sonne dieses Tages bieten sollte. So würde Jason sicher mit ihm zufrieden sein.

Nach dem Frühstück packte er mit größter Sorgfalt seine Golftasche, schmierte sich noch ein paar Butterbrote mit Leberwurst und Schinken, um auch dem Hunger während des heute sicher besonders spannenden Turniers keine Chance zu geben.

Den Anwohnern der an diesem Morgen zu passierenden Straßen der Stadtteile Ostwennemar, Werries und Uentrop bot die inzwischen geradezu bemerkenswerte Geräuschkulisse seines Fahrzeugs die Gelegenheit, seiner heutigen wichtigen Mission auch die gebührende Aufmerksamkeit zu schenken. Auf einer Landstraße mit einigen ausgeprägten Bodenwellen, wenige Kilometer vor dem Stahlberger Golfplatz, beschloss der Endschalldämpfer seines Mercedes nun endgültig, die Fahrt nicht mehr gemeinsam mit dem Rest des Fahrzeugs fortzusetzen. Mit wildem Gepolter verabschiedete sich das verrostete Teil, zunächst den Grundregeln der Physik folgend, Richtung Fahrbahn, um sich dann, wie Buschkamp erschrocken gerade noch im Rückspiegel verfolgen konnte, Pirouetten drehend Richtung Straßengraben zu verabschieden. Seiner Polizeiausbildung, dem Umweltschutz und auch dem Bauteil selbst gewissen sentimentalen Tribut zollend, bremste er ab, setzte zurück und wuchtete den rostigen verbeulten Torso aus dem immer noch feuchten Graben in den Kofferraum.

Für Nebensächlichkeiten wie eine Autoreparatur war nun aber wirklich keine Zeit, auch wenn jetzt sein akustischer

Auftritt auf dem Golfplatz sicher nicht von schlechten Eltern sein würde. Die langsame Mutation zum westfälisch-derben Gesamtkunstwerk begann ihn auf eine gewisse, stille Art und Weise zu faszinieren.

Verwundert zeigte er sich nur, dass, nachdem er einen der letzten freien Plätze auf dem Parkplatz vor dem Club ergattert hatte, sein Wagen noch eine ganze Weile aus den Lüftungsschlitzen des Kühlergrills unangenehm riechend vor sich hin qualmte. Das konnte nun definitiv nicht an der Auspuffanlage liegen.

Das sinnigerweise grüne „Schwarze Brett" des Clubs war schon gegen 9:30 Uhr heftig von den für das Turnier gemeldeten Golfspielerinnen und -spielern umlagert. Schließlich entschied die ausgeloste Flightpaarung darüber, ob man an diesem heißen Tag auch etwas zwischenmenschlichen Spaß haben würde oder ob es mehr in Richtung mentaler Wadenkrampf lief. Mit nur schlecht gespielter Verwunderung stellte Buschkamp fest, dass in seinem *Flight* Günther Lodenkemper, Jason Dwight und Paul Linnemann gelistet waren. Neben der kriminalistischen sicher auch eine sportliche Herausforderung, bei seinem stattlichen *Handicap*.

Präsident Löcke hatte entschieden der Versuchung widerstanden, das heutige Turnier wegen der Todesfälle auf dem Clubgelände abzusagen und versuchte, seiner Hauptrolle an diesem für ihn wichtigsten Tag des Jahres durch Omnipräsenz gerecht zu werden. Besonders wunderte sich Buschkamp, dass er dennoch die Sensibilität und Zeit aufbrachte, ihm zu seinem gestrigen „Problem mit Ihrem Chef", wie er es nannte, zu kondolieren.

Zum *Kanonenstart* um 10:00 Uhr war seinem Flight die Bahn 12 als Startpunkt zugeteilt worden. Auch keine wirkliche Überraschung. Das Quartett sammelte sich am Clubhaus und begab sich kurz darauf gemeinsam auf den langen Weg zum angegebenen *Abschlag*, nur hier und da ein Wort miteinander wechselnd.

„Don't worry, Bernhard", sagte Jason zu dem noch etwas nervös wirkenden Buschkamp, „I'm happy to join you bei dein erstes Turnier! Mach dir also keine Sorgen."

‚Wenn der wüsste', dachte sich Buschkamp, ‚dann würde sich mein englischer Freund gegebenenfalls selbst ein paar Sorgen machen.' Schließlich gab es für das, was gleich kommen sollte, keine passende Golfregel, zumindest nicht, soweit er wusste.

Sie hatten schon etwa die halbe Strecke zu ihrer Startbahn hinter sich gebracht, als Lodenkemper, der heute sein gegeltes Haar ebenfalls unter einer Golfmütze versteckte, unvermittelt eine Weile neben Buschkamp hermarschierte.

„Und? Haben Sie schon was herausgefunden, Herr Kommissar?"

„Nein, leider noch nichts Greifbares. Aber das kann sich ja bald ändern." Damit ging Buschkamp demonstrativ einen kleinen Schritt schneller, was ihm in dieser verdammten Hitze nicht so leichtfiel, und versuchte, mit Paul Linnemann auf eine Höhe zu kommen, der sich und seinem *Bag* heute in Anbetracht der Hitze einen Trolley gegönnt hatte.

„Na, Herr Linnemann, heute keine Witze auf Lager?"

„Bei Turnieren verstehe ich keinen Spaß, mein Bester!", entgegnete Linnemann mit professionellem Nachdruck in seiner Stimme.

„Ich auch nicht!", gab der Kommissar schroff zurück. Diesmal hatte er sich entgegen seiner sonstigen Art durchaus Gedanken über die Wirkung seines Satzes auf sein Gegenüber gemacht. Linnemanns Gesichtsfarbe wechselte demzufolge auch ein wenig von rosa in Richtung zarter Blässe.

Der „Startschuss" in Form eines Hornsignals hallte deutlich vernehmbar über die hügelige Weite des Platzes. Fast hatte Buschkamp den Eindruck, dass die Partner seines Dreamflights bei diesem Geräusch ein wenig zusammenzuckten, was sicher einer gewissen Nervosität, hervorgerufen durch die Ereignisse der letzten Tage, geschuldet war.

Jason, seine *Ehre* als Inhaber des niedrigsten Handicaps nutzend, machte zunächst seiner Profession alle Ehre, indem er die Bahn 12 mit fünf perfekt aufgeteilten Schlägen *Par* spielte. Linnemanns etwas verunglückter Abschlag, mehr durch Höhe als durch Weite beeindruckend, führte dazu, dass er am Ende immer noch ein respektables *Bogey* auf der *Scorekarte* verzeichnet bekam.

Günther Lodenkempers konzentrierte Schläge wurden mit einem weiteren Bogey an diesem anspruchsvollen, langen *Loch* belohnt. Der erste Schlag des nachhaltig von der Spielstärke seiner Mitspieler beeindruckten Kommissars erreichte mit Mühe und Not den Damenabschlag, und es dauerte ein paar Minuten, bis sich die drei anderen Herren durch Anpeilen von imaginären Linien in ihrem Urteil darüber einig wurden, dass dies keine *Lady* war. Dafür gelangen ihm die nächsten Schläge aber umso besser, sodass er mit seinen sieben Schlägen und unter gedanklicher Einbeziehung seines exorbitant hohen Handicaps noch leidlich zufrieden war. Ein zwischenzeitlicher Blick zum immer dunkler werdenden Himmel bereitete ihm aber eine gewisse Sorge auf anderem Gebiet.

Die 13 als nächste Bahn brachte das Spiel jedoch bereits zu diesem frühen Zeitpunkt vollkommen aus dem Gleichgewicht. Jason traf beim Abschlag seinen Ball unerwartet schlecht und wurde mit einer für seine Spielklasse peinlichen Weite von deutlich unter 100 Metern bestraft. Ein kurzes, heftiges „Fuck!“ reichte ihm aber aus, um sein inneres Gleichgewicht wieder herzustellen. Lodenkemper versenkte seinen Abschlag im Teich und gebärdete sich in seinen Flüchen schon erheblich ausführlicher. Linnemanns Vorfreude, hier nun ein paar Punkte gegenüber seinen Mitspielern gutmachen zu können, wurde durch einen Abschlag in die rechtsseitige Baumreihe und damit ins *Aus* jäh gestoppt. Konnte es sein, dass die

Nervosität seiner Flightpartner jetzt, wo sie sich der Bahn 14 näherten, immer größer wurde?

‚Falls ja, ist das gut so, wirklich gut so', dachte sich ein sehr zufriedener Buschkamp und fabrizierte mit mehr Glück als echtem Können den besten Abschlag seiner bisherigen kurzen Golfkarriere. Fast 180 Meter!

„Heaven!", rief Jason freudig mit Blick auf seine beiden anderen *Flightpartner*, „das – ist – meine – Schüler!"

Die Scorekarte zeigte nach diesem Loch ein immer noch respektables *Birdie* für Jason, ein ganz und gar hervorragendes und unerwartetes Bogey für Buschkamp und zwei *Streicher* für Lodenkemper und Linnemann, die, von ihren verunglückten Abschlägen aus der Bahn gebracht, noch nicht wieder ins Spiel gefunden hatten.

Jetzt standen sie am Abschlag der Bahn 14, dem Tatort des hinterlistigen Mordes. Jeder schaute den anderen verlegen und eine Spur misstrauisch an. Nur Buschkamp blickte interessiert bis suchend in den naheliegenden Wald und in Richtung der Buschreihe hinter dem Abschlag, sorgsam darauf achtend, dass dies auch alle Mitspieler zur Kenntnis nahmen.

Wie zu erwarten, hatte Jason die *Ehre* und schlug als Erster mit einem höchst respektablen Ergebnis ab. Buschkamp, bisher daran gewöhnt, immer als Letze abschlagen zu müssen, ging nicht ohne einen gewissen Stolz auf den Abschlag, *teete* seinen Ball mit ganz besonderer Sorgfalt *auf*, schaute sich noch einmal demonstrativ zu seinen Mitspielern, aber auch in das Rund der Umgebung um und schlug einen zweiten bemerkenswert gelungenen Ball. Langsam und zufrieden gesellte er sich dann wieder zu seinen Mitspielern am Rand des Abschlags.

Linnemann sprach seinen Ball, nachdem auch er noch einmal in die Runde geblickt hatte, viel zu lange an und absolvierte daraufhin zwar einen ordentlichen Abschlag, dessen Endpunkt sich aber leider als ein weitläufiger *Bunker* auf der linken Bahnseite herausstellte. Missmutig versenkte er den

*Driver* in seinen Bag und wartete nun mürrisch mit seinen Kollegen auf das Ergebnis von Lodenkempers Bemühungen.

Mit gespielter Ruhe schritt dieser auf den Abschlag, steckte sein *Tee* in den Rasen, positionierte seinen Ball sorgsam darauf und begann diesen *anzusprechen*. Dennoch war ihm eine gewisse Nervosität anzumerken, fixierte er seine Mitspieler doch in diesem Moment noch einmal, um den Ball danach erneut anzusprechen.

Im selben Moment brüllte Buschkamp, der etwa fünf bis sechs Meter von Lodenkemper entfernt unweit seiner Flightpartner stand, urplötzlich und unvermittelt und in geradezu beachtlicher Lautstärke los:

„Der Golfmörder! Deckung!", und warf sich augenblicklich auf den Boden, nur eine Zehntelsekunde gefolgt von einem panisch dreinblickenden Jason und einem kreidebleichen Linnemann. Nur Lodenkemper stand weiter ungerührt auf dem Abschlag, den Driver immer noch in den leicht zitternden Händen. Drei Augenpaare blickten ihn mit einem Male aus unbequemer, grasnaher Perspektive wissend an.

Lodenkemper wurde sofort klar, dass es in dieser Situation auch für ihn vorteilhafter gewesen wäre, wenn er diese aktuelle Position seiner hinterlistigen Flightpartner geteilt hätte.

„Sie haben keine Beweise!", stotterte Lodenkemper nach einer mit Schweigen erfüllten Weile.

„Doch, Lodenkemper, habe ich", erwiderte Buschkamp und richtete sich dabei wieder etwas umständlich auf. Nun musste er leider ein wenig bluffen.

„Sie sind in der vergangenen Woche in Geithe gesehen worden, als Sie das Schwein rein probehalber erschossen haben. Das war ein wenig unvorsichtig."

„So, unvorsichtig war das also!", entgegnete Lodenkemper, jetzt aber schon in einem deutlich aggressiveren Tonfall. „Und wie nennen Sie das, was Sie hier machen?" Lodenkemper ging langsam, Buschkamp fixierend, die drei Schritte in Richtung seines Bags, und zog mit den Worten „Ich könnte fliehen!" blitzschnell seinen *Putter* heraus.

„Und ich hätte Sie innerhalb der ersten 50 Meter! Verlassen Sie sich drauf!" Dieser Sache war sich jetzt Buschkamp in Kenntnis seiner immer noch beachtlichen Kondition mal wieder sicher. Im selben Moment blitzte es, und nur eine Sekunde später krachte ein gewaltiger Donner.

‚Schade', dachte der vor Hitze, aber leider auch inzwischen vor berechtigter Angst schwitzende Kommissar, ‚dieser Blitz hätte jetzt aber doch auch mal den Richtigen treffen können.'

Lodenkemper blickte sich um und ging einen weiteren Schritt drohend auf Buschkamp zu. Linnemann und Jason hatten sich inzwischen wieder aufgerafft und standen aber immer noch wie angewurzelt einige Meter entfernt. Wie üblich hatte Buschkamp während des Abschlags seiner Flightkameraden seinen Driver in der Hand gehabt, so auch jetzt. Schlagartig wurde ihm klar, sollte dieser Lodenkemper ihm mit seinem Stahlschaft-Putter eins überziehen, würde ihm sein hochtechnischer Graphiteschaft-Driver nicht viel nützen, um diesen Schlag abzuwehren oder gar zu entgegnen. Das Ding würde in tausend Teile zersplittern, und er hätte womöglich ein Loch im Kopf.

Während Buschkamp noch überlegte, sauste bereits Lodenkempers Putter in einem perfekten, allerdings eher an seine Spaltaxt beim „Holzmachen" erinnernden Schwung auf ihn nieder. Instinktiv riss er seinen linken Arm nach oben, und schon spürte er den stählernen Schlägerschaft des Putters gegen seine Elle krachen, um, sich biegend, auch noch dem Putterkopf zu gestatten, ein wenig seine Schädeldecke zu touchieren. Der Kommissar stürzte und kam, noch auf einen Arm gestützt, neben der stählernen gelben *Abschlagmarke*, die gleichzeitig als Abfallbehälter für zerstörte Tees diente, zu liegen. Noch bevor Jason und Linnemann ihm überhaupt zu Hilfe kommen konnten, hatte Buschkamp, ohne groß zu überlegen, mit der rechten Hand die Abschlagmarke aus dem Boden gerissen, erhob sich blitzschnell, nahm mit dieser Blechkonstruktion dabei gleichzeitig einen riesigen Schwung und zimmerte seinem Angreifer das schwere gelbe Ungetüm mit voller Wucht seitlich an den Schädel. Dieser blickte ihn noch eine kurze Sekunde vollkommen verdattert an und sackte dann langsam, ohne noch einen weiteren Laut von sich zu geben, begleitet von einem weiteren Blitz und Donner nach hinten über. Jason und Linnemann stürzten sich auf den leblos am Boden Liegenden, um ihn nun endlich an jeder weiteren Aktion zu hindern, erkannten aber schnell, dass dies wohl in den nächsten Minuten nicht so dringend notwendig war. Erwartungsgemäß setzte nun der Regen ein, erst ein paar dicke Tropfen, und dann schnell immer stärker werdend.

Buschkamp kam langsam, wankend auf seinen Beinen stehend, wieder zu sich. Er spürte, wie etwas warmes Blut langsam unter seiner Baumarktkappe hervortrat, und sein linker Arm schmerzte höllisch. Mit einem Blick auf den am Boden liegenden Lodenkemper, dessen Verletzungen wohl nicht gravierend waren und ihm offensichtlich erlaubten, bereits langsam wieder zu sich zu kommen, stellte er erschrocken fest, dass er heute Morgen in der Aufregung der golftechnischen Turniervorbereitungen seine Handschellen vergessen hatte, ganz zu schweigen von einer Waffe. Letztere erschien ihm unwichtig, da er sie sowieso niemals außerhalb seiner dienstlich vorgeschriebenen Schießübungen benutzte. Ersteres war ein unverzeihlicher Fehler. Kurz gesagt: Perfekte Konditionen, um einen kaltblütigen Mörder dingfest zu machen.

„Jason, ruf die Turnierleitung an. Die sollen das Turnier sofort abbrechen, wenn die das wegen des Gewitters nicht sowieso schon getan haben. Und einer soll sofort mit einem *E-Caddie* kommen, damit wir diesen Bengel zum Parkplatz schaffen können. Ich rufe meine Kollegen und einen Notarzt an.“ Jason und Buschkamp versuchten zu telefonieren, aber wie so oft in der netztechnischen Wüste dieses Golfplatzes war gerade kein Empfang möglich. Jason, der mit seinem bereits vollkommen durchnässten lockigen Haar den Eindruck eines begossenen Königspudels vermittelte, blickte sich um und sah, dass der nachkommende Flight auf der Bahn 13 sich bereits in ein Wetterschutzhäuschen zurückgezogen hatte, vor dem ihr E-Caddie fahrbereit geparkt war. Sofort stürmte er, ohne Rücksicht auf das Gewitter, das sich langsam ostwärts bewegte, durch den immer heftigeren Regen los, um das Fahrzeug zu konfiszieren.

Wenige Minuten später kam er bereits mit dem Elektrogefährt zurück. Zu dritt frachteten sie den immer noch benommenen und an der linken Kopfseite blutenden Lodenkemper mittig auf die Sitzbank. Buschkamp setzte sich ans Steuer.

„Jason, setz dich auf die andere Seite, damit uns der Vogel bloß nicht noch entwischt. Linnemann, stellen Sie sich aufs Trittbrett, oder wollen Sie etwa laufen?“

Natürlich wollte Linnemann nicht laufen, schließlich galt ein Gewitter auf dem Golfplatz als nicht ganz ungefährlich, und das E-Caddie bot mit seinem Dach zumindest das Gefühl von Schutz.

Während der rumpelnden Fahrt durch den immer stärker strömenden Regen über die Bahnen 11 und 10 zum Parkplatz, kritisch und fragend beäugt von den anderen Flights des Turniers, die alle Schutz in den vereinzelten Hütten gesucht hatten, bemerkten sie nicht, dass Lodenkemper langsam wieder zu Kräften kam, jeden Anschein in diese Richtung aber tunlichst vermied. Vorsichtig fummelte er dabei in seiner Hosentasche herum.

Buschkamp versuchte unterwegs immer wieder seine Kollegen anzurufen, was ihm jetzt, wenige Meter vor Eintreffen auf dem Parkplatz, auch gelang. In diesem Moment drang ein schriller Schrei an sein Ohr, und er sah, wie Jason ein rotes Schweizer Armeemesser bis zum Schaft in der linken Schulter steckte. Lodenkemper schwang sich über den vollkommen unter Schock stehenden Jason vom Wagen herunter und rannte auf den Parkplatz zu seinem Nissan-Geländewagen, den Schlüssel schon in der Hand.

Buschkamp versuchte, hinter ihm herzukommen, doch sein reichlich lädierter Allgemeinzustand verhinderte sportliche Höchstleistungen vollständig. Lodenkempers Wagen sprang bereits an und setzte mehr oder weniger im gleichen Moment auch schon rückwärts.

‚Ach du liebe Scheiße!', schoss es Buschkamp durch den Kopf. ‚Wenn der es schafft, bis zur A 2 zu kommen, dann sind wir den los.' Die Autobahn war nur wenige Minuten entfernt.

Im selben Moment bog ein Streifenwagen der Polizei auf den Parkplatz ein. Offensichtlich musste der sich ganz in der Nähe aufgehalten haben, als Buschkamp eben seinen Notruf abgesetzt hatte. Geistesgegenwärtig blockierten seine Kollegen, als sie den Geländewagen auf sich zukommen sahen, die Ausfahrt des Parkplatzes, indem sie ihre neue, silberblaue Blaulicht-Karosse in der Einfahrt querstellten. Lodenkemper brachte sein Gefährt mit quietschenden Reifen zum Stehen, wendete und setzte seine Flucht nun über den gepflasterten Weg zur Bahn 1 fort, um dann, offensichtlich direkt über den *Fairway* dieser Bahn, Richtung der Zufahrtsstraße zum Club und dann zur Autobahn zu gelangen.

Buschkamp schoss dieser Dittmann durch den Kopf, sein Job, sein kriminalistischer Alleingang, Marlies – wieso eigentlich jetzt gerade Marlies –, und er bekam Panik. Er überlegte eine Sekunde und sah dann seinen treuen Mercedes wenige Meter vor ihm stehen. Dieser Mann durfte nicht zur Autobahn kommen. Es gab nur eine sinnvolle Möglichkeit, die Bahn 1 zu verlassen – über den kleinen Platz, auf dem die *Greenkeeper*

Sand und Schotter lagerten, und dann durch einen kleinen Hohlweg direkt auf die Zufahrtsstraße. Dort konnte er ihn abfangen.

Augenblicklich schwang er sich, fast wie einer dieser jungen forschen Typen aus den modernen Kriminalfilmen, in seinen Mercedes, den er glücklicherweise mit der von kleinen Macken übersäten Schnauze voran bereit zur Ausfahrt geparkt hatte, und startete das betagte Dieselaggregat, ein Vorhaben, das bei diesen heißen Temperaturen auch ohne Vorglühen spontan gelang. Dann drückte er, nachdem der Motor in Ermangelung des Endschalldämpfers mitten unter dem Auto eine schwarze Qualmwolke ausgestoßen hatte, das Gaspedal bis zum verrosteten Bodenblech durch. Da auch dies bei diesem Modell sicher kein Durchdrehen der Räder zur Folge haben würde, bestand nun seine Aufgabe lediglich darin, der Beschleunigung dieser automobilen Preziose schalt- und lenktechnisch Herr zu werden.

Dummerweise stand dieser neue Polizeiwagen immer noch im Weg. Hier war sicher keine falsche Rücksicht angebracht. Ohne die noch überschaubare Geschwindigkeit auch nur im Geringsten zu vermindern, brauste er durch die viel zu kleine Lücke zwischen Bäumen und Polizeiwagen hindurch, verpasste dem neuen Polizeiwagen dabei laut scheppernd eine hübsche Vierteldrehung und konnte dann die ersehnte freie Fahrt mit einer sportlichen Linkskurve auf der Zufahrtsstraße fortsetzen.

Der automobile Stolz deutscher Ingenieurskunst vergangener Tage hatte sich schon in dieser Woche, selbst bei ausschließlich bestimmungsgemäßer Verwendung, immer mehr in Richtung eines gemeinen Autowracks entwickelt. Dieses spontane sportliche Aufbegehren war aber nun entschieden zu viel. Qualm drang aus dem Motorraum, und an der ersten Bodenwelle trennte sich wohl offensichtlich der gesamte Auspuffkrümmer vom Motorblock. Das ohnehin bellende Auspuffgeräusch ging in ein lautes Donnern über, das sich wenig harmonisch in die fast endzeitlich anmutende Gesamtwetterlage einpasste. Irgendwo spritzte nun auch ein Ölstrahl unbestimmbarer Provenienz seitlich unter der Motorhaube hervor, wie er in den Sekundenbruchteilen, in denen die zuckenden Scheibenwischer den Blick nach draußen freigaben, schemenhaft erkennen konnte.

Dennoch, so viel war Buschkamp klar, hatte er eine reelle Chance, womöglich genau in dem Moment an der Stelle zu sein, an der dieser Lodenkemper mit seinem Geländewagen auf die Straße brausen würde. Dort konnte er ihn treffen. Sehr genau sogar. Viel zu genau!

Laut krachend knallten die beiden schweren Fahrzeuge ineinander. Glas splitterte, Blech verbog sich. Der alte Mercedes bohrte sich unter den hochbeinigen Geländewagen und warf ihn, als wäre es ihm ein Vergnügen, auf die Seite. Da es ihm an jeglicher Form von Airbags mangelte, knallte Buschkamp zunächst mit der Brust gegen das Lenkrad und dann mit der Stirn gegen die Scheibe und verabschiedete sich damit, rein bewusstseinsmäßig, für die nächsten paar Minuten von dieser Welt.

Die Kollegen aus dem Streifenwagen hatten sich schnell von ihrem Schock erholt. Ihr mächtig lädiertes Fahrzeug gestattete ihnen sogar die Verfolgung dieses anscheinend vollkommen durchgeknallten Mercedesfahrers, die aber etwa 150 Meter später an der Unfallstelle bereits wieder beendet war.

Einer von ihnen kümmerte sich, in wenigen Sekunden bereits durchnässt vom immer noch starken Gewitterregen, um den Kommissar, der zusammengesunken hinter dem Steuer seines Vehikels saß, der andere zog den offensichtlich schwerer, aber nicht lebensgefährlich verletzten Lodenkemper durch die eingeschlagene Frontscheibe aus dem Geländewagen.

Weniger als zehn Minuten später kündigte ein Martinshorn das Eintreffen wiederum desselben Notarztes an, der es, ob der beachtlichen Kontinuität, mit der auf diesem Golfplatz seine Dienste gebraucht wurden, nicht verhindern konnte, nun unablässig und mit erstaunlicher Frequenz mit seinem linken Auge zu zucken, was der professionellen Versorgung der Verletzten aber keinen Abbruch tat.

Der Regen begann nachzulassen, und Buschkamp kam langsam wieder zu sich. Die kühler werdende Luft half ihm dabei, zwar benommen, aber halbwegs heil auszusteigen. Der Regen verdünnte das Blut seiner kleinen Kopfwunde, und ein rosafarbenes Gemisch tropfte langsam auf seine Schulter. Traurig stand er vor dem Trümmerhaufen seines geliebten Mercedes und streichelte ihm versonnen über den lädierten Lack. Dass dieses von ihm heißgeliebte Auto so enden musste! Aber es starb für einen guten Zweck.

Immer mehr neugierige Teilnehmer des abgebrochenen Turniers kamen nun zur Unfallstelle, teils mit ihren großen Golfschirmen, teils in ihren bunten Regenjacken, um diesen ungewöhnlichen Turnierabschluss gebührend zu begutachten. Nach einer Weile kam auch Jason, den der Notarzt notdürftig versorgt hatte und der seinen linken Arm in einer Schlinge trug, mit einem E-Caddie zum Unfallort. Er fasste sich ein Herz und ging zu Buschkamp, legte seinen gesunden Arm um dessen Schultern und sagte:

„Börnie, das mit dein Golfspiel geht ja schon ganz gut – nur mit dein Autofahren müssen wir noch ein wenig üben."

Buschkamp schaute auf und blickte dann etwas müde zurück zu seinem Wagen.

„Sag nicht Bernie zu mir, Jason – sonst nehme ich wieder ein paar Stunden bei dir."

Eine Weile später saß Buschkamp neben Marlies auf einer Bank an der Bar des Clubhauses. Sie hatte ihm, nachdem der

Notarzt seine Kopfwunde versorgt hatte, liebevoll seinen Arm verbunden und hielt jetzt immer noch besorgt seine Hand. Theo hatte allen Umstehenden schon mal ein Beruhigungsbier gezapft und selbst auch schon zwei davon getrunken.

„Was bin ich froh, dass dir nicht mehr passiert ist, Bernhard", hauchte Marlies dem Kommissar ins Ohr. Sie kam erst jetzt dazu, sich den etwas lädierten Prachtkerl neben ihr noch einmal von oben bis unten anzuschauen. Die enge khakifarbene Hose war über und über mit Grasflecken und Matsche übersät, das gelbe Poloshirt der Brauerei war mit Blut verschmiert, und selbst die nun blutorangenfarbene Baumarktkappe saß irgendwie schmutzig und schief auf seinem verbundenen Kopf. Dennoch musste sie bei diesem Anblick schmunzeln und flüsterte ihm leise ins Ohr:

„Sag mal, Bernhard, bist du eigentlich ein bisschen farbenblind?"

Dittmann würde am Montag noch ein wenig den wilden Tiger geben, aber gar nicht anders können, als ihn in Ruhe zu lassen. Schließlich war dieser spektakuläre Fall gelöst, und er konnte sich dafür feiern lassen, ohne ihn auch nur mit einem Wort zu erwähnen. Nur seinen Kollegen Stankiewicz musste er noch aus der Sache herausboxen und dabei mit ausreichend Lorbeeren bedenken, dachte Buschkamp, während er sich seinen schmerzenden Arm rieb.

Draußen regnete es immer noch, wenngleich das Gewitter endgültig weitergezogen war. Ein paar bemitleidenswerte Männer eines nahen Abschleppunternehmens beschäftigten sich bei diesem Sauwetter damit, einen riesigen Haufen Schrott aufzuladen. Endlich würde es sich nach dieser heißen Woche langsam abkühlen.

Der inzwischen mit einiger Verspätung und seiner bemerkenswert hübschen Freundin eingetroffene Stankiewicz beorderte auf Buschkamps kurze Anweisung hin ein paar

Kollegen aus Dortmund zum Betrieb dieses Lodenkempers. Die Tatwaffe, und wenn nicht die, dann wenigstens Bauteile, zum Beispiel geeignete Präzisionsrohre, würden sich dort im Rohrlager finden lassen und neben dem Geständnis die Beweislage erhärten.

Stankiewicz' Freundin besah sich eine Weile den Kommissar, der in seinem etwas mitgenommen aussehenden „*Golfdress*" Hand in Hand mit der Clubsekretärin an der Theke saß, und fragte ihren Freund leise und mit nur mühsam unterdrücktem Entsetzen:

„Christian, ist das da dein Chef?" Der blickte ebenfalls einen Moment in Buschkamps Richtung, lächelte diesen für einen kurzen Moment verständnisvoll an und entschloss sich dann zu einer klaren Antwort, bei der auch ein wenig Stolz mitschwang:

„Ja, das ist er!"

Präsident Löcke drängte sich, ganz gegen seine Art, ebenfalls durch die Menge an die Theke, worauf ihm Theo Kreggenfeld unaufgefordert einen reichlich eingeschenkten Klaren herüberreichte:

„Hier, trink das, Friedhelm."

Nach kurzem Kopfnicken schüttete der den Schnaps in einem Zug hinunter, wohl wissend, dass er dieses „Turnier des Präsidenten" in seinem Leben nicht vergessen würde.

Buschkamp erwartete schon gespannt Linnemanns noch ausstehende Begründung, warum er sich denn nun diesen bescheuerten Golf-Ball-Launcher gekauft hatte. O.K., sein Schwung war, wie er heute gesehen hatte, wirklich nicht der Beste. Der ansonsten immer zu Scherzen aufgelegte Greenkeeper stand ebenfalls mit einem Bier in der Hand und mit etwas verhagelter Laune an der Theke, umgeben von einer ganzen Reihe brennend an den Details dieses Tages interessierter Golfspielerinnen und -spieler. Aus einem seiner Sätze konnte Buschkamp nur das Wort „Truppenübungsplatz“ aufschnappen, womit er wohl kundtun wollte, dass es für ihn und seine Kollegen in den nächsten Tagen noch eine Menge Arbeit auf dem von wilden Reifenspuren lädierten Platz zu tun gab.

Dann würden aber sicher wieder die gewohnte Ruhe und der Frieden auf dem Golfplatz einkehren.

Ende

# Kleines Golflexikon

*Abschlag* — Hier geht es los. An diesem Ort wird der Ball möglichst weit „abgeschlagen". Wenn man Glück hat, auch in Richtung des *Fairways* oder gar *Grüns.*

*Abschlagmarke* — Schließlich muss man wissen, wo es losgeht mit den grandiosen Schlägen. Die Damen haben rote, die Herren gelbe, und dann gibt's auch noch blaue und weiße, aber das führt zu weit.

*aufteen* — Der Westfale würde eher von „aufbocken" sprechen. Gemeint ist das abschlagsgerechte Platzieren des *Golfballes* auf einem *Tee.*

*Aus* — Im Straßenverkehr gibt's ja auch diese dekorativen weißen Leitpfosten. Auf Golfplätzen hat man allerdings auf die Reflektoren verzichtet, da nachts nur vergleichsweise wenig gespielt wird. Alles hinter diesen Pfosten ist also „Aus" und wird mit einem Strafschlag und *Distanzverlust* bestraft.

*Annäherung* — Keinesfalls eine plumpe Art des Golfers, um sich einzelnen Damen zu nähern. Es ist vielmehr der Schlag gemeint, mit dem man den *Golfball* dem *Grün* annähert und bestenfalls sogar dortselbst landet.

*ansprechen* Hier im Sinne von „den Ball ansprechen". Ganz richtig, Golfer sprechen mit Bällen, schon dies ein Grund, dieser Spezies mit besonderer Vorsicht zu begegnen – zumal sie bei diesem „Ansprechen" keinen Ton sagen. Gemeint ist also vielmehr die Konzentration des Golfspielers auf den Ball vor dem Schlag.

*Bag* Die „Werkzeugtasche" des Golfers. In ihr befinden sich die *Golfschläger*, *Golfbälle*, *Tees*, Handys, Müsliriegel, Getränke usw. Bei Frauen auch Lippenstift, Haarbürste, Taschenspiegel, Taschentücher, Tampons und die Vielzahl unvorstellbarer Dinge, die Damenhandtaschen in der Regel beherbergen. Wegen des hieraus resultierenden, nicht unbeträchtlichen Gewichtes ruht der Bag normalerweise auf einem *Trolley*.

*Birdie* Vorsicht! Das hat überhaupt nichts mit Vögeln zu tun, sondern mit der Anzahl der benötigten Schläge an einem *Loch*, nämlich in diesem Fall einen Schlag weniger als *Par*. Für Nichtgolfer hört sich dieser Satz übrigens ein wenig wie Chinesisch an.

*Bogey* Wie ein *Birdie*, nur anders herum: Die Anzahl der benötigten Schläge an einem *Loch* liegt einen Schlag über *Par*.

*Bunker* — In Friedenszeiten ist es zugegebenermaßen eher sinnlos, auf Golfplätzen Bunker einzurichten. Daher benutzen Golfer diesen Begriff für ein oft unförmiges und immer viel zu großes Sandloch, das von den hinterlistigen Architekten des Golfplatzes so angelegt worden ist, dass man möglichst oft hineinspielt – und nur schwer wieder herauskommt.

*Distanzverlust* — Man könnte meinen, dass manche Golfspieler im Eifer des Wettkampfs die Contenance verlieren und ihren Mitspielern in gewisser Weise zu nahe treten. So etwas kommt aber (fast) nie vor. Vor kommen Schläge ins *Aus*, bei denen sie garstigerweise nicht etwa dort weiterspielen dürfen, wo der Ball ins *Aus* ging, sondern dort, wo das Unheil begann: am Punkt ihres Abschlags.

*Divot* — Hört sich französisch und nach „unterwürfig“ an. Ist aber wohl eher englisch und „oberwürfig“, das heißt, man bezeichnet hiermit einen mehr oder weniger großen Placken Grassoden, den man beim ambitionierten Golfschlag aus dem gepflegten Rasen haut, ohne sich weiter darüber zu ärgern. Hat das *Divot* dabei auch noch eine besonders schöne Form, zum Beispiel von Rügen (leicht) oder Sylt (eher schwer), gibt es aber leider keine Extrapunkte.

*Dogleg*

Hier gibt es leider zwei zulässige Definitionen:

a. Zweifelhafte Spezialität eines chinesischen Restaurants.
b. *Fairway* mit einem Knick nach rechts oder links.

*Driver*

Hiermit ist nicht etwa der Fahrer gemeint, der den neureichen Golfer mit dem *E-Caddie* über den Platz fährt, sondern ein mächtig großer Schläger für die weite Distanz. Um Sie vollständig zu verwirren: Der Driver gehört zu den *Hölzern.*

*Driving Range*

Der Schießstand des Golfplatzes. Hier beginnt jede Golfkarriere. Eine Vielzahl von Abschlagmatten nebeneinander bieten, teils überdacht, die Möglichkeit, den Ball wahllos auf ein langes großes Feld zu schlagen.
Merke: Man sollte auch bei angespannter privater Finanzlage (die Bälle werden gegen Gebühr aus einem Automaten gezogen) aus guten Gründen auf den Versuch verzichten, die abgeschlagenen Bälle wieder einzusammeln, da es gesundheitlich als bedenklich einzustufen ist. Zumindest werden Ihre Kolleginnen und Kollegen auf den anderen Matten diese Sparmaßnahme nicht in ausreichendem Maße goutieren.

*E-Caddie* In dieser Beziehung ist die Golfwelt dem urbanen Verkehr mindestens um zehn Jahre voraus. Der Verkehr auf dem Golfplatz ist heute schon meist komplett elektrifiziert. Das verschafft den Golfern ein angenehmes Platzklima in Bezug auf Emissionen der olfaktorischen und akustischen Art.
Benutzt wird der *E-Caddie* von Golfern, die entweder nicht mehr über weite Strecken laufen können oder wollen. In den USA bilden beide Gruppen körpergewichtsresultierend inzwischen eine fast einhundertprozentige Schnittmenge.

*Ehre* Die „Ehre“ bezeichnet beim Golfspiel das oft zweifelhafte Vergnügen, als Erster *abschlagen* zu dürfen. Dies setzt voraus, dass man das vorhergehende *Loch* gewonnen hat. Je nach dem Grade des Gelingens dieses Abschlags kann dies auch schon mal wenig ehrenvoll ausgehen. Zum Trost: Beim nächsten Loch hat dann wenigstens jemand anderes die Ehre.

*Eisen* Auch eine Art von Schläger, aber kleiner und von für den Laien verwirrender Vielfalt. Es gibt kurze, deren Schlagfläche arg verbogen aussieht, dann eine ganze Reihe von immer länger werdenden, deren Schlagfläche auch irgendwann einmal fast gerade ist. Merke: Verbogene Schlagflächen berechtigen keine Reklamation.

| | |
|---|---|
| *Erleichterung* | Nein, wirklich nicht was Sie denken. Es ist vielmehr die gerne genommene Möglichkeit, seinen *Golfball* bei bestimmten, genau definierten schwierigen Lagen zum Behufe eines einfacheren Schlages vorteilhafter zu platzieren. Das „Wie" ist natürlich dabei auch klar geregelt. |
| *Etikette* | Nicht etwa kleine Schildchen, auf denen die Preise der sündhaft teuren Teile der Golfausrüstung stehen. Vielmehr handelt es sich hierbei um Regeln, wie man auf dem Golfplatz nett miteinander und mit dem Platz umgeht. Manche Golfer wünschen sich einige dieser Regeln auch außerhalb des Golfplatzes. |
| *Fairway* | Das ist die oft breite Mitte der Golfbahn, die netterweise auch etwas kürzer gemäht ist, damit der geneigte Golfer seinen nächsten Schlag besser ausführen kann. Trifft man das Fairway nicht, heißt es für den Ball oft „Fairwell" – oder so ähnlich. |
| *Flight* | Hat nun wirklich nichts mit einem Flug zu tun, sondern bezeichnet eine Gruppe von Golferinnen oder Golfern, die zusammen eine *Golfrunde* spielen. Vorsicht: Auch hier gibt es wie in der Luft First-, Business- und Economy-Class-Flights – und Flights, die Sie besser gar nicht erst angetreten hätten. |

*Flightpartner* Diese können die nettesten, aber auch unangenehmsten Leute auf dem Platz sein, je nachdem, ob man sich während der Runde versteht oder nicht.

*Fore!* Üblicher panischer Ruf von Golfern zwecks geflissentlicher Beachtung ihrer fehlgeleiteten und demnach ein gewisses Gefahrenpotenzial bergenden Bälle. Man könnte auch „Vorsicht!“ rufen, aber das wäre ja nun wirklich zu einfach.

*Greenfee* Nicht etwa die legasthenische Schreibweise von paarhufigem Vieh, das auf dem Grün grast, sondern die Gebühr, die ein clubfremder Golfer entrichten muss, wenn er auf einem fremden Platz spielt.

*Golfball* Ein kleines rundes Etwas, das es fertig bringt, dass sich erwachsene Menschen stundenlang darum bemühen, es über viel zu weite Distanzen mit viel zu kleinen Schlägern in viel zu kleine *Löcher* zu bewegen.

*Golfdress* Kurze Hosen, die bereits über dem Knie enden und damit den Blick auf Männer- oder Frauenbeine höchst unerotischer Ausstrahlung freigeben, Pullunder, Trainingsanzüge, auch und besonders nicht aus Ballonseide, minimalistische Tops, Jeans, ja selbst normale Hemden bei Männern usw., das alles gehört nicht zum perfekten Golfdress.

Wild karierte Hosen, schreiend bunte Piqué-Hemden, schwarzweiße Schuhe und ähnliche geschmackliche Vollentgleisungen, mit denen Sie in jeder Fußgängerzone beträchtliches Aufsehen erregen würden, allerdings schon.

*Golfclub* — Der englische Ausdruck für einen Golfschläger *und* für einen Golfclub. Das machen die Inselbewohner übrigens nur, um uns Touristen zu verunsichern.

*Golfhandschuh* — Golfer sind entgegen weit verbreiteten Annahmen sehr sparsame Leute. Sie tragen daher nur einen Handschuh.

*Golfschläger* — Die Schlagwerkzeuge des Golfers. Sie unterteilen sich in *Eisen* und *Hölzer*, was aber eigentlich vollkommener Quatsch ist, nämlich vielmehr in solche, die „funktionieren", und solche, die genau das nicht tun.
Merke: Es liegt beim Golfspiel immer am Werkzeug und niemals am Spieler, der das Werkzeug hält.

*Golfrunde* — Fast wie beim Skat: Ein Gruppe von Leuten trifft sich, spielt ein belangloses Spiel und unterhält sich hinterher stundenlang darüber. Der Unterschied: Eine Golfrunde geht über 18 *Löcher* und dauert daher in der Regel dreieinhalb bis fünf Stunden und nicht etwa eine ganze Nacht. Noch ein wesentlicher Unterschied: Getrunken wird hinterher und in der Regel nicht während des Spiels.

| | |
|---|---|
| *Greenkeeper* | Eingeweihte wissen: Das hat nichts mit einem Torwart zu tun – denn Tore gibt es beim Golf ja überhaupt nicht. Nein, hiermit sind die freundlichen Herren – es sind meist Herren – auf dem Golfplatz gemeint, die den Platz in Ordnung halten. Spielt man allerdings versehentlich einen dieser Herren mit seinem *Golfball* an, kann man auch durchaus ein wenig deren unfreundliche Seite kennen lernen. |
| *Grün* | Fast alles ist auf dem Golfplatz in der Regel grün. Das Gras, die Bäume, die Sträucher. Ganz besonders grün ist aber der Bereich, in dem sich das *Loch* befindet. Hier ist der Rasen extrem kurz gemäht, damit man besser *putten* kann. Den ambitionierten Vorgartenbesitzer, der diesen höchst speziellen Rasen zum ersten Mal sieht, überfällt dabei in der Regel ein kalter Schauer botanisch bedingter Erregung. |
| *Handicap* | Was bei einem Auto die PS-Angabe, ist bei einem Golfer das Handicap, oder wenigstens so ähnlich. Im Golfsport ist jedoch der niedrigere Wert besser (Merke: Handicap 0, das heißt vereinfacht: Alle 18 Löcher werden *Par* gespielt, ist also richtig gut, Handicap 54 ist das Maximum |

und ein wenig peinlich). Beim Auto ist es anders herum. Bei einem Auto können die PS auch in der Regel immer abgerufen werden, bei einem Golfer eher nicht. Das leistungsschwächere Auto bekommt mit dem Handicap punktemäßig etwas Vorsprung vor dem PS-Boliden, und sie können so trotzdem die herrlichsten Wettrennen fahren.

*Hölzer*

Eine Gruppe von *Golfschläger*n für die weite Distanz, deren Kopf früher aus Holz war und heute aus Metall ist. Auch dies wiederum ein gutes Beispiel dafür, wie Golfer heute schon begrifflich versuchen, Uneingeweihte von diesem „komplizierten" Sport fernzuhalten.

*Hole in one*

Der seltenste Golfschlag überhaupt: ein Schlag, und der Ball ist im Loch. Leider auch der teuerste, denn nach der Runde ist eine Saalrunde im Clubhaus Pflicht.

*Kanonenstart*

Der Begriff „Sportskanone" hilft hier nur begrenzt weiter. Zwar starten bei dieser turniertypischen Startform auch eine Menge Sportskanonen. Dennoch ist hiermit mehr der gleichzeitige Start von meist maximal 18 *Flights* von bis zu 18 *Löchern* auf das Signal einer Kanone hin gemeint. Die Kanone ist aber meist nur noch ein einfaches Signalhorn, und einige Sportskanonen gerieren sich später am Tag auch nicht mehr als solche.

*Lady* Golfer können auch durchaus ungalante Zeitgenossen sein. Nennen sie doch den vollkommen verunglückten Abschlag eines Herren, der es nicht schafft, den Ball über den (näher zum Loch liegenden) Damenabschlag hinaus zu katapultieren, eine Lady. Männer, Vorsicht! Wenn Ihnen eine Lady fernab eines Golfplatzes erzählt, sie habe eine *Lady* geschlagen, dann nutzt sie in der Regel auch die Herrentoilette oder hat keine Ahnung vom Golfspiel.

*Loch* Das Loch ist das Ziel des Golfspiels und befindet sich meist irgendwo auf dem *Grün*. Hier muss der Ball hinein oder, wie es unser nie um ein literarisch wertvolles Bonmot verlegener „Kaiser" und begeisterter Golfer Franz Beckenbauer formulieren würde: „Das Runde muss ins Runde."

*Mulligan* Ein *Abschlag*, der, trotz oft guter Haltungsnote, keine im weitesten Sinne zielführende Flugbahn des *Golfballes* nach sich zieht, kann eine sehr spezielle Form der nur in diesem Sport vorkommenden Demenz verursachen. Die Spieler kommen dann manchmal nämlich netterweise überein, diesen Schlag nicht zu werten und ihn einem gewissen „Mulligan" zuzuschreiben. Dieser Mann ist aber nur den wenigsten Golfern persönlich bekannt. Vorsicht! Während eines *Turniers* sollten Sie Mulligans nicht anwenden, da Ihre Mitspieler oft nicht das rechte Verständnis für diesen doch an sich recht freundlichen Spielzug aufbringen werden.

| | |
|---|---|
| *Par* | Kann man ganz leicht am freudestrahlenden Gesicht des Golfers erkennen. Hat etwas damit zu tun, dass er nur die für einen guten Golfspieler festgelegte Anzahl von Schlägen an diesem speziellen Loch gebraucht hat. |
| *Platzreife* | So etwas Ähnliches wie die Reifeprüfung beim Golf. Mann/Frau muss beweisen, dass er/sie den *Golfball* halbwegs in eine vorher ausgemachte Richtung schlagen kann. Ferner ist es für ein Bestehen dieser kleinen Prüfung nicht hinderlich, die wichtigsten Regeln der *Etikette* zu kennen. |
| *Pro* | Kurzform des Begriffes Professional. Gemeint ist aber nur der gemeine Golflehrer. Böse Zungen behaupten allerdings, dass dieser Begriff vom Wort Pro-blem abgeleitet ist. Ist man nämlich als halbwegs ordentlicher Golfspieler mal wieder beim Pro gewesen, klappt meist hinterher gar nichts mehr. |
| *Provisorischer Ball* | Dieser Ball wird nicht etwa in erster Linie wie die darin vorkommende „Provision" von Versicherungsvertretern, Bankberatern und anderen Provisionsempfängern |

gespielt, es handelt sich vielmehr quasi um Ersatzbälle für solche, die mit hohem Verlustrisiko in die Botanik führten. Damit wären wir aber doch schon wieder ein klein wenig bei Bankberatern.

*Pultabschlag*

Unverständlicherweise ist Golf unter Lehrern wenig verbreitet, wo es doch sogar extra einen etwas höher gelegenen Abschlag gibt, von dem aus man mehr oder weniger erfolgreich aktiv werden kann, fast wie früher in der Schule.

*putten*

Kleine beflügelte Engelchen spielen in der Regel kein Golf. Deshalb war dieser Begriff in diesem himmlischen Sport frei, um damit die kurzen Schläge auf dem *Grün* zu bezeichnen.

*Putter*

Geeignetes Werkzeug zum *Putten.* Der einzige Schläger, dessen Schlagfläche nicht verbogen ist.

*Rough*

Entgegen einer weit verbreiteten Annahme ist Golf kein rauer Sport, auch wenn es uns dieser wiederum englische Begriff nahelegt. Gemeint ist vielmehr der seitliche Bereich der *Fairways,* der leider und sicher mit Vorsatz nicht mehr ordentlich gemäht wird. Den Ball hier wieder herauszuschlagen ist nicht leicht. „Rau" sind daher oft auch nur die den Schlag begleitenden Unmutsäußerungen des unglücklichen Spielers.

| | |
|---|---|
| *Runde(n)* | Hiermit ist ein Spiel über die gesamten 18 *Löcher* des Platzes gemeint, manchen verweichlichten Zeitgenossen reichen auch bereits 9. Es ist also mehr ein Auf und Ab, ein Kreuz und Quer und was am schlimmsten ist: Manchmal überhaupt keine „runde" Angelegenheit. |
| *„Schönes Spiel"* | Frommer Wunsch unter Golfspielern zu Beginn einer Runde. Gemeint ist damit aber ausschließlich das eigene Spiel und nicht etwa das Spiel des Gegners, der in vollkommener Verkennung des harten sportlichen Wettkampfes und absoluter verbaler Verbrämung *Flightpartner* genannt wird. |
| *Score* | So ziemlich jede Nation in der westlichen Hemisphäre beansprucht für sich, Golf erfunden zu haben. Die Engländer haben aber, wie in so vielen Sportarten, die meisten Regeln dazu erfunden. Daher müssen wir auch heute noch vom Score beim Golf reden und nicht einfach von Punkten. |
| *Scorekarte* | Auf dieser Karte werden die benötigten Schläge des Spielers notiert. Was da sonst noch draufsteht und wie das zusammengerechnet wird, erfordert Abitur und würde diesen Rahmen sprengen. |
| *Streicher* | ‚Was will man auf einem Golfplatz schon groß streichen?' lautet sicher ihre berechtigte Frage. Ist doch schon alles grün. Es |

handelt sich vielmehr um einen kleinen Strich im Feld des betreffenden *Loches* auf der *Scorekarte*, welcher signalisiert, dass Sie an diesem Loch keine Punkte gemacht haben. Streichen können Sie dann meist auch die Ambitionen auf ein zufriedenstellendes Tagesergebnis.

*Tee*

Nicht etwa ein warmes Getränk, welches im Winter zu diesem schönen Sport gereicht wird, sondern ein kleiner, einseitig spitzer Holz- oder manchmal leider auch Kunststoffnagel mit einer kleinen Auflagefläche auf der anderen Seite, auf welcher der *Golfball* beim *Abschlag* ruht.

*Trolley*

Keine Sorge, liebe Männer: Das ist nicht etwa das Schimpfwort für den erheblich fremdbestimmten Gatten einer Golfspielerin, sondern der handgezogene oder manchmal auch elektrisch betriebene Transportwagen für den *Bag*.

*Vorgabe*

Golfplätze wie auch Golfspieler haben eine Vorgabe. Beim Spieler heißt das auch *Handicap*, beim Platz die Platzvorgabe. Da Ersteres bereits erklärt wurde: Golfplätze sind unterschiedlich schwierig. Die Platzvorgabe bildet einen Korrekturfaktor, um halbwegs einheitliche Platzbewertungen zu erhalten. So weit die graue Theorie: In der Praxis werden Sie jeden Platz schwierig finden, auf dem Sie verlieren, und anders herum.

# Danksagung

Britt Pförtzsch, Sekretärin des Golfclubs Stahlberg, für das erste Testlesen des noch sehr unausgefeilten Rohentwurfs.

Heinz Gerhards, Präsident des Golfclubs Stahlberg, für die schnelle und im Vorstand abgestimmte Genehmigung, diesen Roman auf dem Golfplatz Stahlberg spielen zu lassen.

Anton Harling, meinem Bruder und Polizeihauptkommissar der Polizeidirektion Hamm, für die Prüfung der sachlichen Richtigkeit der geschilderten polizeilichen Ermittlungsarbeit, soweit dies die Dramaturgie eines humoristisch geprägten Werkes zuließ.

Achim Noest, Geschäftsführer der concept GmbH, Münster, meinem langjährigen Freund und Golfpartner, für seine nun schon wiederholte, diesmal besonders kritische Begleitung des Projektes.

Dr. Gerd Pickl-Gilberg, Ltr. Medizin Controlling der Barbara Klinik, Hamm, für sein sehr detailliertes und kenntnisreiches Abchecken der golftechnischen Aspekte sowie des medizinischen Hintergrundes.

Sabine Richert M.A., für die engagierte Auseinandersetzung mit dem Dativ und der Orthografie.

Günter Vinke, Richter am Oberlandesgericht Hamm, half, die Anforderungen eines kriminalistisch-belletristischen Werkes mit den sachlichen Gegebenheiten eines Oberlandesgerichtes weitgehend in Deckung zu bringen.

Für Anregungen, Lob und Kritik erreichen Sie den Autor unter:

admin@heinz-harling-stiftung.de

Vom gleichen Autor ist ebenfalls erschienen:

# Wendezeit

## Segelreise in Abgründe der Finanzwelt

Ein spannender Kriminalroman über eine dramatische
Segelreise vom holländischen Ijsselmeer
zur Kanalinsel Guernsey

ISBN 987-3-8370-2318-3 (Hardcover)
ISBN 978-3-8370-3353-3 (Paperback)

Verlag BoD, Norderstedt